私を殺しに来た男

西村京太郎

祥伝社文庫

目次

事件の裏で

1

「犯人が逮捕されて、事件が解決した時は、さぞ、ほっとされるでしょうねえ」

と、十津川《とつがわ》は、よくいわれる。

十津川は、二十五歳で、警視庁捜査一課の刑事になった。その頃なら、答えは簡単だった。「ええ、ほっとしますよ」といえばよかったからである。

だが、十津川は、今、四十歳。警部になり、十五年間、事件を追って来た。

事件は、さまざまである。殺人事件でも、愛のために殺す場合もあれば、金のために殺す場合もある。時には、借金から逃れるには、刑務所に入るのがいいと考え、そのために、何の関係もない人間を殺した男さえいる。

だから、犯人を逮捕した時の気持も、同じとはいえなくなってくる。ほっとする場合もあれば、苦い感情が残ってしまうこともある。

その日、一つの事件が解決して、十津川は、三日ぶりに、帰宅することになったが、帰りの電車の中で、彼は、まるで、敗者のような顔をしていた。

品川《しながわ》で起きた事件だった。両親が惨殺《ざんさつ》され、四歳の女の子一人が、生き残ったのである。犯人は、若夫婦のやっている雑貨店に忍び込み、手斧《ちような》で二人を殺害、次に、小学校三年生の長男を殺した。すでに、部屋中が、血の海である。

最後に、四歳の女の子を殺そうとした時、隣りの家の犬が、突然吠《ほ》え出し、人の起き出す気配がしたので、犯人は、あわてて、逃げ出したのだった。

四歳の女の子は、自分の両親や、兄が、犯人に殺されるのを見ていたことになる。

捜査員たちは、四歳の女の子から、何があったのか、犯人は、どんな顔をしていたかを、訊《き》き出そうとした。

子供は、極度の恐怖から、一時的な失語症になってしまって、口を利《き》こうとしない。それを、十津川たちが、なだめすかして、やっと、犯人のことを聞くことが出来たのは、二日後である。

犯人は、二十五歳の無職の男で、時々、この雑貨店へ買物に来る人間だった。小金をためていると思って、狙《ねら》ったのである。

逮捕した男は、すぐ自供したし、彼のアパートから、血で汚れたジャンパーや、ズボンも発見され、事件は、解決した。

だが、十津川は、ほっとした気分にはなれなかった。唯《ただ》一人生き残った四歳の女の子は、引き取り手がなく、養護施設に行くことになったからである。

一応、犯人は逮捕され、事件は解決したが、あの少女が、これから、どうなっていくのかを考えたら、乾杯など出来はしない。多分、あの子は、一生、眼の前で、両親と兄を殺された光景を忘れられないだろう。それでもなお、強く育ってくれるだろうか。それとも、駄目な人間になってしまうか、十津川にもわかりはしない。

若い頃なら、四歳の子の頭をなぜて、「私が、力になってあげるから、がんばってね」と、気安くいっただろうと思う。

だが、今の十津川には、そんな気休めは、口に出来ない。彼女の将来に責任を持てるような立場にいないからである。また、義務もない。明日になれば、別の事件に追い廻《まわ》されることになるのだ。

(あの子の将来について、私には、どうすることも出来ない)

十津川は、疲れた身体《からだ》を、電車のシートに埋《うず》めて、眼を閉じて、そんなことを考えていた。わかり切ったことなのだ。いちいち、感傷的《かんしょうてき》になっていたら、刑事の仕事なんか出来なくなってしまうだろう。第一、犯人が逮捕され、自供し、地検に廻した時点で、事件は、十津川の手を離れてしまったのだ。

「もし、もし」

と、誰かがいった。

十津川は、眼を開けて、声の主を見上げた。

二十歳《はたち》くらいに見える若い女性が、片手で吊革《つりかわ》を持ち、十津川を、のぞき込むようにしていた。

「十津川さんでしょう？」

と、その女が、きいた。

「そうですが——？」

どこで会った女だろうか？　と、十津川は、記憶の糸をたぐってみたが、思い出せなかった。それに、今日は、ひどく疲れていた。

「お願いがあるんです。私——」

女は、顔を近づけるようにして、小声でいった。真剣な眼をしていた。

十津川は、当惑《とうわく》した。

「しかし、今日は、これから、帰宅するところですから。明日、警視庁捜査一課へ電話してもらえませんかね。その時、事件を抱《かか》えていなければ、お話を聞きますよ」

「でも、私、切羽《せっぱ》つまってるんです。次の駅で、降りて、私の家に寄っていただけません？　どうしたらいいか、わからなくて——」

「お友だちとか、話を聞いてくれる人が、身近にいないんですか？」

「誰も、頼りにならないんです。だから、十津川さんに、聞いていただきたいんです。お願いします。次の駅で一緒に降りて下さい」

「しかし、私は、申しわけないが、疲れているんです。今いったように、明日でも、警視庁の方に電話して下さい」

「あッ。もうじき、駅に着きますわ。聞いていただけないんですか?」

女は、窓の外に眼をやったり、十津川を見たり、落ち着きのない様子で、懇願《こんがん》した。

「とにかく、明日、聞きますよ。今日は、本当に疲れ切っていましてね──」

十津川は、本当に、疲れていた。眼も、口も、重くなってくる。

電車が、ホームに着いた。女は、乗り越してでも、十津川に、話を聞いてもらおうかと、迷っているようだったが、ドアが開くと、急に身をひるがえして、ドアに向って、走って行った。

2

家に帰ると、十津川は、夕食もとらず、すぐ、妻の直子《なおこ》に、ふとんを敷《し》いてもらって、泥のように、眠った。

今度の事件で、丸二日間、ほとんど、寝ていなかったのである。疲労が、極限まで来ていたのだ。

十津川は、よく夢を見て、起きてからも、覚えていることが多いのだが、今日は、夢も見ずに、眠り続けた。いったん、午前三時頃に、眼を覚まし、夕方六時に帰宅したのだから、九時間も眠ったのかと思ったが、また、眠ってしまった。

本当に、眼が覚めたのは、朝の七時すぎである。

直子が、朝風呂を用意してくれて、べたついた身体を洗い、のびた不精《ぶしよう》ひげに当ると、やっと、いつもの元気な十津川に戻った。

朝食をとっているところへ、西本《にしもと》刑事から電話が入った。

「お休みのところを申しわけありません」

と西本が、いった。

「いや。もう起きてるよ。事件か？」

「四谷《よつや》三丁目で、殺人事件です。今、カメさんにも、連絡したところです」

「すぐ行く。四谷三丁目のどこだ？」

「地下鉄の駅から、歩いて五、六分のところにある富士《ふじ》ハイツというマンションの三

○二号室です。そちらへ、パトカーを廻しますから」
「いや。電車で行く。その方が早いだろう」

十津川は、受話器を置くと、飲みかけのお茶を飲んだ。

「また、事件ですの？」

直子が、きく。

「ああ。殺人事件なんだ」

「昨日は、すごいいびきをかいていらっしゃったわ」

「そうか。悪かったね」

「私はいいんですけど、とても、疲れていらっしゃると思うの。今度は、一度、人間ドックに入って、精密検査を受けて下さいね」

「わかった」

と、十津川は、いった。

彼だって、そうしたいのだが、出来るかどうかわからなかった。凶悪事件が、ますます多くなるような気がするからだった。

新宿《しんじゅく》駅の自動販売機で、マイルドセブンを買ってから、地下鉄に乗った。煙草《たばこ》も、やめた方がいいのはわかっているし、時々、禁煙を誓うのだが、難しい事件にぶつかると、自然に、本数が多くなってしまうのである。

四谷三丁目でおりて、地上に出た。

JR信濃町《しなのまち》駅の方へ五、六分歩いたところに富士ハイツという七階建のマンションが見えた。

前の道路には、パトカーや、鑑識の車がとまっていた。

エレベーターで、三階へあがり、三〇二号室の前へ行くと、亀井《かめい》刑事が、先に来ていて、

「お疲れじゃありませんか?」

と、声をかけて来た。

「よしてくれよ。私は、君より若いんだ」

十津川は、手を振って、部屋の中に入った。

縦長《たてなが》の2DKの部屋である。奥の六畳が、寝室になっていて、ふとんの上に、若い女が、全裸で殺されているのが見えた。

「被害者の名前は、小早川圭子《こばやかわけいこ》。年齢二十一歳。死因は、絞殺です」

と、亀井が、説明した。

十津川は、じっと、見つめた。

窓のカーテンは、閉ったままで、蛍光灯の青白い光が、女の白い肌を照らしている。

「被害者は、銀座《ぎんざ》にある大島《おおしま》商事というサラ金会社に、OLとして働いていたようです。大島商事は、大手の――」

と、いいかけて、亀井は、急に、説明をやめて、けげんそうに、十津川を見た。

「どうされたんですか？」

「私は、この女を知ってるんだ」

「警部のお知り合いですか。それは――」

「いや、そういう深い知り合いじゃない。昨日、家に帰る途中の地下鉄の中で、私の前に立っていた。なぜか、私の名前を知っていて、私に、相談にのってもらいたいことがあるといったんだ。だが、私は疲れていてねえ。いや、疲れていたからだけじゃなくて、面倒くさかったので、明日、警視庁へ電話しなさいといった。彼女は、がっかりして、四谷三丁目で降りて行ったんだが――」

「誰だって、電車の中で、見ず知らずの女から、相談にのってくれといわれたら、断わりますよ」

と、亀井が、いってくれた。

「ありがとう」

十津川は、小さくいった。が、胸のつかえは、取れそうもなかった。

小早川圭子というこの女は、十津川を知っていて、相談にのってくれと頼んだのだ。殺されるかも知れないという不安に怯《おび》えていたのかも知れない。

（しかし、なぜ、私の名前を知っていたのだろうか？）

十津川には、それが不思議だった。

捜査一課長なら、記者会見の時、事件の経過を説明し、それが、テレビに映るから、名前や、顔を知っている人がいても不思議はない。

だが、十津川は、テレビに出て、喋《しゃべ》ったことはなかった。あるテレビ局で、「警視庁の一日」という題で、捜査一課の刑事たちが、現実の殺人事件を追う姿を、ドキュメントとして撮影し、放送したことがある。その時、十津川も、亀井刑事たちと、テレビ画面に出ていたが、名前は、出なかったはずなのだ。

事件も、犯人も、大きく新聞を飾る。事件が、凶悪であればあるほど、扱いは大きくなり、犯人の顔も、大きくなる。

だが、その犯人を逮捕した刑事の名前も、顔も、めったに、新聞を飾ったりはしない。

テレビで、犯人を両脇から抱えるようにして、歩いているところが映ったりはしても、あくまでも、刑事A、刑事Bでしかない。

それなのに、この被害者は、なぜ、十津川の名前を、知っていたのだろうか？

「運び出していいですか？」

刑事の一人がいった。

「待ってくれ。もう一度、見てみたい」

と、十津川はいい、死体の傍《そば》に、かがみ込んだ。

何か、ロープのようなもので絞《し》められたのだろう、細いのどに、深い索条痕《さくじょうこん》がついている。

鼻血が出て、赤黒く乾《かわ》いて、へばりついている。それが、女の顔を、醜《みにく》く見せていた。だが、十津川は、地下鉄の中で、話しかけてきた時の顔を覚えている。美しく、魅力的な顔だった。

「もういい」と、十津川がいった。

「あとで、顔を拭《ふ》いてやってくれ」

3

遺体は、運び出され、鑑識の連中も、初動捜査班の刑事たちも、帰ってしまい、2DKの部屋には、十津川と、亀井の二人だけが、残った。

十津川は、いつになく、暗い眼をしていた。

「男の声で、一一〇番があったそうだね？」

十津川は、死体のあった辺《あた》りに眼をやって、亀井にきいた。

「そうなんです。朝早く、一一〇番で、四谷三丁目の富士ハイツ三〇二号室で、女が死んでいるといって来たらしいんです。それで、パトカーが急行して、死体を発見したわけです。この先にある公衆電話ボックスからの電話です」

「パトカーが来た時、ドアは、開いていたのかな？」

「カギは、かかっていなかったそうです」

「犯人が、殺しておいて、一一〇番して来たのだろうか？」

そういう犯人もいる。自己顕示《けんじ》欲の強い犯人は、わざわざ、警察に知らせてくる。

それが昂《こう》じると、予告殺人にまで、発展するのだ。

「銀座の大島商事へ行ってみよう」

と、十津川は、亀井にいった。

地下鉄で、銀座に出た。泰明《たいめい》小学校の近くのビルに、大島商事があった。

ビルの二階で、「ローンのご用は、信用のある大島商事へ」という大きな看板が出ている。

銀座支店とあるから、他にも、支店があるらしい。

支店長以下七名の人数だった。松田《まつだ》という六十歳くらいの支店長は、十津川たちに向って、妙になれなれしい笑い方をした。

「実は、私も、昔、警察にいたことがあってね」

と、いった。定年になって、この大島商事に入り、銀座支店長をやっているのだという。そういわれると、どこかで見たような気もする顔だった。

「そうですか」

とだけ、十津川は、いった。

「小早川君が死んだことは、さっき、警察から電話があったので、知っているよ」

松田は、笑いを消した顔でいった。

「彼女の机を調べさせてくれませんか」

十津川がいうと、松田は、立ち上って、隅《すみ》の机のところへ案内してくれた。

スチール製の机の上に、帳簿が五冊ほど、重ねてあった。

「小早川さんは、ここで、どんな仕事をしていたんですか？」

十津川は、一番上の引出しを開けながら、松田にきいた。

「サラ金というのは、いつも、貸す側のわれわれが悪者にされますがねえ。借りる方にも、悪いのがいてねえ。ニセの身分証明書を使って、それで借りまくって、ドロンするのもいるんだよ。それで、われわれの業界でも、ブラックリストを使って、対抗している。小早川君は、そのブラックリストを、調べる係だった。うちも、間もなく、コンピューターを導入するので、そうなったら、いろいろ、名簿と照合する手間が、はぶけるんだがね」

「この帳簿に、そういう名簿が、のっているわけですか？」

「そうだ」

「一番下の引出しが、カギがかかっていて、開かないんですが」

「多分、これで開くと思うよ」

松田が、カギを渡してくれた。

十津川が、そのカギで、一番下の引出しを開けた。

他の引出しには、事務用品などが入っていたが、この引出しは、被害者が、個人用に使っていたらしく、婦人雑誌とか、ハンカチとか、運動靴《スニーカー》などが入っていた。

奥の方にはアルバムもあった。

表紙に、スヌーピーの絵が描いてあるのは、二十一歳という年齢にしては、子供っぽいところがあったのかも知れない。

十津川は、あまり厚くないアルバムを、机の上に置き、丁寧《ていねい》に、ページを繰《く》っていった。

この中に、犯人を限定できる写真があるかどうか。

この支店の同僚と、花見に出かけた時の写真が、何枚かあった。若い男もいる。その中の一人が、犯人だろうか。

何ページかめくると、今度は、胸に、M銀行のマークをつけた写真があった。どこかの支店の前で、並んで写っている。

その頃の同僚と、海へ行った時の写真があった。ビキニ姿で笑っている被害者は、なかなか、魅力的だった。

大島商事へ来る前は、M銀行で働いていたらしい。なぜ、銀行員をやめて、サラ金会社で働くようになったのだろうか？　銀行をやめなければならない理由があったのだろうか？

ひとりで、マンションに住んでいた被害者に眼をつけた変質者が、彼女を襲ったのだろうか。

しかし、被害者は、相手を、部屋に入れている。そこが、わからない。

次は、高校生の制服姿の写真だった。

まるで、圭子の過去を追って行くような感じだった。

「千葉県立第九高等学校」と書かれた校門の前で、数人の同級生とポーズをとっている写真がある。

だが、そこで、写真は、終っていた。

アルバムの半分ほどしか、写真は貼《は》られていないのだ。

（なぜ、高校以後の写真しかないのだろうか？）

そんな疑問を持ちながら、写真のないページを、ぱらぱらと、めくっていった。もし、これが、小早川圭子の全ての写真だとしたら、ずいぶん、貧しい過去だなと思いながら。

ふと、何かが、はさんであるのを眼に止めて、十津川は、あわてて、もう一度、写真のないページをめくっていった。

小さな新聞の切り抜きだった。

かなり黄ばんでいた。かどは、乾いた糊《のり》が、こびりついている。貼ってあったのが、いつの間にか、剝《は》がれてしまったのだろう。

〈がんばれ、K子ちゃん！〉

と見出しに出ている。

その瞬間、十津川は、十年前に起きた事件が、鮮明に、よみがえってくるのを感じた。

周囲の音が、ふいに、消えてしまったようだった。一つの光景だけが、眼に映ってきた。

母親三十二歳。名前は、新井英子《あらいひでこ》。十一歳の娘圭子を育てるために、彼女は、ＯＬをして働いていた。

母娘二人だけの生活だったが、結構、幸福だった。

日曜日、小学六年生だった娘の圭子は、相模湖《さがみこ》に遠足に出かけ、夕方、帰ってくると、母の英子が、奥の部屋で、殺されていた。

しかも、犯人として、別件で夫が、逮捕されたのだ。

夫の菊地保夫《きくちやすお》は、あきっぽい性格で、職を転々としていて、サラ金から、多額の借金をしていた。

妻の英子は、そんな夫に愛想をつかして、一人娘の圭子を連れて、離婚してしまったのだが、菊地の方は、未練があって、たびたび、英子のアパートを訪ね、復縁を迫っていた。

その日も、菊地は、訪ねて来て、復縁話を持ち出したが、それがこじれて、菊地は、カッとなり、英子を電気のコードで絞殺してしまったのである。

十一歳の圭子にとっては、苛酷《かこく》すぎる試練だった。唯一人の母親が殺され、しかも、犯人が、父親だったからである。

この事件の時、十津川は、三十歳。まだ警部補にもなっていなかった。

この時、十津川は、両親を一時《いっとき》に失ってしまった圭子に対して、

「がんばりなさい。辛《つら》いことがあったら、相談に来なさい。どんなことでも、このおじさんが、相談にのるから」

と、いったのだ。

それが、〈がんばれ、K子ちゃん！〉の新聞記事になったのである。

〈捜査に当った十津川刑事は、悲しみにくれるK子ちゃんを、温かく励《はげ》まし――〉

そんな言葉が、新聞にはのっている。

四十歳の今、考えれば、冷汗が出てくる。

ただセンチメンタルなだけなのだ。安請《う》け合いもいいところである。

殺人事件では、必ず犠牲者が出る。殺された被害者の家族も苦しむが、犯人の家族も、時には、被害者の家族以上に、苦しむことになる。それに、いちいち、力になってやるといっていたら、身体が、いくつあっても足りないだろうし、無責任というものだ。

それなのに、十年前のあの時、十津川は、安易《あんい》に、十一歳の少女に、いつでも、相談にのってやると、約束し、それが、美談として新聞にのったのだ。

その後、少女が、どうなったかわからなかったし、十津川は、次々に起きる事件に追われて、忘れてしまっていた。

だが、少女の方は、忘れていなかったのだ。昨日、偶然、彼女は、電車の中で、十津川の前に立ち、十年前を思い出して、話しかけて来たに違いない。親切で、頼りになる刑事の面影《おもかげ》を見つけて――。

成人して、すっかり顔立ちが変ってしまっていたことは、いいわけにはならない。あの時、十年前の約束など、全く思い出さなかったのだ。いや、昨日だけではない。ここ何年か、十年前の約束を思い出して、あの少女がどうなっただろうかと、考えたこともなかったのである。

「警部」

亀井が、小声で呼んだ。

店の職員も、妙な顔をして、十津川を見ている。

十津川は、あわてて、アルバムを閉じた。が、古い新聞の記事は、鮮明に、彼の脳《のう》裏《り》に残ってしまった。

4

「少し歩こうか」

と、十津川は、亀井にいった。

二人は、新橋《しんばし》駅に向って歩いた。十津川は、十年前の新聞記事について、亀井に話そうか迷っていた。話せば、亀井のことだから、気にすることは、ありませんよと、いってくれるだろう。

それに、甘えてしまうのが嫌だった。どう弁解しようと、彼は、十年前の約束を破ったのである。彼女を失望させ、そして、死なせてしまった。

彼女に詫《わ》びるためには、まず、犯人を見つけ出さなければならない。

「被害者のことを、徹底的に調べて欲しい。彼女の生《お》い立ちから、あのサラ金会社に勤めるまでの全てをね」

と、十津川は、亀井に、いった。

それが、今度の事件の解決に役立つだろうということもあったが、十年前、十一歳だった彼女が、どんな育ち方をしたかを知りたいということもあった。

母親が殺された時、少女は、母親の姓、新井を名乗っていた。新井圭子である。それが、小早川圭子として殺された。独身だから、養女にでも行ったのだろうか。

「サラ金会社のOLだったことが、何か、事件と関係があるのでしょうか?」

亀井が、歩きながら、きく。

「それはどうかな。サラ金に恨《うら》みを持っている人間なら、そこの職員を殺したりせず、会社を襲うだろう」

「しかし、警部、あのサラ金で、被害者は、ブラックリストを調べる係でした。彼女が調べて、貸してもいい人間かどうか判断するわけです。とすると、借りられなかった人間が、彼女のことを恨むということも、考えられますよ」

「その可能性もないことはないが——」

だが、正式に、貸すかどうかの判断は、被害者ではなく、支店長の松田が下していただろう。そうなら、貸出しを拒否された人間の怒りは、支店長に向けられるはずだ。

捜査本部が、四谷署に設《もう》けられ、亀井は、若い西本刑事と、十津川に指示された調査を開始した。

被害者の過去を洗う仕事である。

十津川は、その報告を、捜査本部にとどまって、待った。

自分が、調べると、個人的な感情に走って、ミスを犯しそうな気がしたからである。

夜おそくなって、亀井たちは、捜査本部に帰ってきた。

「いろいろなことが、わかりました」

と、亀井は、いい、次の言葉を、いい澱《よど》んだ。

「十年前の事件のことも、わかったんだな？」

と、十津川の方からいった。

「そうです。警部が、犯人を逮捕された事件です。被害者が、その時の少女だと、お気付きだったんですね？」

「そうだ。十年前、無責任に、彼女に力になってやるといった。その言葉が、今でも、尾を引いている。彼女は、十年間覚えていたのに、私は忘れてしまい、彼女の顔さえ、思い出せなかった。私が、殺したようなものだよ。わかったことを、全部、話してくれないか」

「母親が殺され、父親が、刑務所に入ってしまった新井圭子は、遠い親戚《しんせき》の小早川家に引き取られました。小早川家に、子供がいなかったので、養女になったんです」

「やっぱり、それで、小早川圭子になっていたんだな」

「小早川進《すすむ》と好子《よしこ》夫婦は、被害者が、高校を出てすぐ、相ついで、病死しています。ひとりになった圭子は、OLになりました。最初、勤めたのは、M銀行の四谷支店です」

「M銀行なら一流だ」

「これは、彼女の高校時代の成績がよかったこともありますし、亡くなった義父の小早川進が、M銀行で働いていたこともあったようです」

「四谷三丁目のマンションは、名義は、誰になっているのかね？」

「あのマンションは、両親が、被害者と一緒に住むために買ったものです。それで、今は、被害者の名義になっていると思いますが」

「宮城《みやぎ》刑務所に入っている本当の父親の消息もわかったかね？」

「その菊地保夫ですが、実は、昨日の朝、出所しているんです」

「しかし、菊地は、確か、十二年の刑で、服役したはずだが」

「そうですが、模範囚だったというので、刑期を短縮して、昨日、出所したそうです」

「行先は？」

「東京ですが、行方は、わかりません」

「被害者は、その父親を、どう思っていたんだろう？　なつかしがっていたのだろうか？　それとも、母親を殺した犯人として、憎んでいたんだろうか？」

「それについて、面白いことが、わかりました」

「どんなことだ？」

「これは、西本君が、宮城刑務所に連絡してくれてわかったんですが、菊地保夫には、入所以来、ぜんぜん、面会人がなかったんですが、最近になって、三度、若い女性が、面会に来ています」

「被害者の小早川圭子か？」

「そうです。もし、憎み続けていたとしたら、面会には、行かなかったんじゃないでしょうか？」

「どういう気で、面会に行ったんだろうか？　何を話したんだろう？」

「それは、わかりませんが、もし、二人が和解していたとすると、出所した菊地が、東京の彼女のマンションを訪ねて行ったことは、十分に考えられます」

「君は、まさか、菊地が、被害者を殺したと考えているんじゃないだろうね？」

「確かに、父親が、娘を殺すというのは、異常ですが、最近では、時々、起きています。まして、菊地は、十年前に、被害者の母親であり、自分の妻である女を、殺《や》っているんです。かッとなると、自分を見失ってしまう性格だと思います。十年間の長い刑務所生活から、やっと解放されて、自分の娘に会いに東京にやって来たところ、冷たくされて、かッとなり、思わず、絞め殺してしまったのかも知れません」

「十年前に、復縁を迫って妻を殺し、十年後に、娘を殺したというのかね？」

十津川は、いっそう、暗い眼になって、亀井を見た。

もし、小早川圭子を襲ったのが、実の父親だったとしたら、あまりにも、可哀《かわい》そうではないか。

しかし、亀井は、冷静に、

「その可能性は、強いと思いますよ。四谷三丁目の被害者のマンションの近くで、菊地に似《に》た男を見たという証人もいますし、何よりも、手口が似ているのです。小早川圭子は、背後から紐《ひも》で、くびを絞められて殺されていますが、十年前の彼女の母親も、同様に、背後から、紐を使って、絞められているからです。十年前の事件では、電話のコードを使用したわけですが、今度の事件でも、それが使われた可能性が強いと、鑑識などではいっています」

と、いった。

亀井の言葉には、説得力があった。少くとも、自分より、事件を、冷静に、客観的に見ていると、十津川は、思った。

十津川は、小早川圭子を助けられなかったことに、深い自責の念を感じている。それだけに、何とか、彼女の死が、納得できるものと、思いたい。実の父親に殺されるというような、悲惨なものと、考えたくないという思いが、どうしても、生れてくる。

しかし、冷静に考えれば、一番、可能性がある考え方なのだ。

宮城刑務所を出た菊地保夫が、まっすぐ、東京の彼女を訪ねたことは、十分に考えられる。他に、菊地が、行くところはなかったろう。これはという友人、知人もいない男だったからである。

しかし、圭子の方は、母親を殺した父親をどうしても、許せなかった。そこで、どんないさかいがあったか、推測するしかない。菊地が、カッとして、娘のくびを絞めて殺したということは、十分にあり得るのだ。

被害者は、全裸で殺されていたが、暴行はされていなかったという報告もきて、いよいよ、菊地保夫が、犯人と考えられるようになった。実の父親の菊地だからこそ、カッとして、殺したものの、暴行は、出来なかったという推測が強かったからである。

捜査一課長の本多《ほんだ》は、菊地保夫の指名手配に踏み切った。

そんな中で、十津川は、本多の許可を得て、宮城刑務所に出かけた。

5

圭子は、三回、刑務所に、父親の菊地を訪ねている。その時、二人の間で、何が話し合われたのかが、知りたかったからである。

親子の縁は、とっくに切れているから、出所しても、絶対に、訪ねて来ないでくれと、菊地に懇願したのかも知れない。圭子には、恋人がいたかもわからないし、働いてもいた。出所者が、押しかけて来ることで、そうした日常生活が破壊されるのが怖《こわ》かったことは、十分に考えられる。だが、菊地の方は、一緒に住みたいと主張した。彼の出所が迫って来て、圭子は、悩んでいた。そんな時、地下鉄の中で、十津川に会った。三十歳頃から四十歳にかけて、男の顔は、そう変らないだろう。圭子は、十津川の顔を覚えていて、相談にのってもらおうと思った。だが、彼女の顔を、というより、十年前の事件を忘れてしまっていた十津川は、素気《そつけ》なく断わった――

十津川が、仙台《せんだい》に着いたのは、午後七時に近かった。夕闇《ゆうやみ》の北の町を、タクシーで走り、宮城刑務所に着いて、所長の大田《おおた》に会うと、

「君が着いたら、すぐ、連絡するようにと、さっき、本多一課長から電話があったよ」

と、いわれた。

電話してみると、本多が、いきなり、

「事件は解決したから、すぐ、帰って来たまえ」

「菊地が、見つかったんですか？」

「そうだ。菊地は、自殺していたよ。ポケットに、娘の写真を二枚入れてね。一枚は、彼女が十歳の頃の写真だ。多分、刑務所にも持って行ったんだろう。もう一枚

は、最近の写真だった」

「自殺は、間違いないんですか？」

「月島《つきしま》の岸壁近くに、水死体で浮んでいるのが発見されてね。外傷はなかった。まだ、はっきりとした死亡時刻はわからないが、五月十六日、小早川圭子が殺された日の夜だろうと思われている。前日の五月十五日の朝、出所し、東京に着いて、娘の圭子を殺したあと、月島岸壁から、東京湾に身を投げて自殺したとすると、時間的にも、ぴったりだよ」

「菊地は、死んだんですか――」

十津川は、十年前に、自分の手で逮捕した菊地保夫のことを思い出した。

あの時、菊地は、十津川が見つけて、何の抵抗も見せず、逮捕された。蒼白《あおじろ》い顔には、むしろ、ほっとしたような表情さえ浮んでいたのを、十津川は、覚えている。菊地は、恐らく、まだ、妻に未練《みれん》があって殺したのだろう。だから殺したあと、いったん逃げたものの、妻を失ったことで、虚脱《きよだつ》状態になっていたのだろうと、その時、十津川は、考えたものだった。

菊地は、十津川たちの訊問《じんもん》に対して、妻を殺したことを認め、公判でも、それをひるがえしはしなかった。

弁護士は、ひたすら菊地が、愛のために殺したことを強調し、その結果が、十二年の刑だった。

その菊地が、やっと出所したと思えば、今度は、娘を殺して、自殺したという。テレビや、週刊誌は、競って取りあげるだろうが、こんな悲惨な話はない。

十津川は、電話を切ると、所長に、菊地が自殺したことを告げた。

所長の表情も、暗くなった。

「それでは、彼は、出所しない方がよかったのかね。出したために、彼は自らの命を絶っただけでなく、実の娘まで殺してしまったとなるとね」

「出所する時、立ち会われたんですね？」

「私が、祝福と、励ましの言葉をかけることになっているからね」

「その時の菊地の様子は、どうでした？」

「そうだねえ。こんな事件を起こして、自殺してしまったとなって思い返してみると、どことなく、暗い表情だったような気もしてくるが――」

「出所したら、娘を訪ねると、いっていたんですか？」

「ああ、東京へ行くといっていたよ」

「東京へですか？　娘のところとはいわなかったんですか？」

「しかし、同じことだろう。娘は東京に住んでいて、彼には他に、身寄りはなかったんだから」

「そうかも知れませんが、正確なところを知りたいものですから」

「正確には『東京へ行く』といったんだが、私は、それを、娘のところへ行くつもりだと受け取っていたんだ」

「娘の小早川圭子ですが、なぜ、最近になって、急に、面会に来るようになったんでしょうか？」

「それは、菊地が、手紙を書いたからだよ。彼が、娘宛《あて》に手紙を出したのは、去年の六月だ。それから、面会に来るようになった」

「三回、来ていますね」

「去年の七月、今年の三月、それに今月だ」

「どんなことを話したんでしょうか？」

「それはわからないが、菊地は、出所したら、一緒に住みたいといったんじゃないかね。彼も、もう年齢《とし》だし、気弱くなっていたろうし、他に、身寄りもないようだったから、実の娘と暮らしたいというのは、人情だろう。だが、娘の方は、うんといわなかったんじゃないかな。実の父親だが、同時に母を殺《や》った犯人でもあるんだからね。

そう思ったから、菊地が出所する時、娘さんの気持を尊重してあげるようにと、いったんだがねえ」

「その時、菊地は、何といいましたか？」

「黙って、肯《うなず》いたので、わかったんだと思ったんだが」

「去年の六月に、菊地が、娘に出した手紙ですが、内容は、わかりませんか？」

「囚人の手紙は、全て開封して見るところもあるらしいが、私は、私信の秘密は守るべきだという方針を取っているのでね」

「菊地は、ずっと、独房ですか？」

「去年まで、独房だったが、今年から、模範囚ということで、近く出所する男と、一緒にしていたよ」

「その男に、会わせてもらえませんか？」

「しかし、菊地は、もう死んでしまったんだろう。今さら、あれこれ調べても、仕方がないんじゃないかね」

「そうかも知れませんが、自分を納得させたいのです」

と、十津川は、いった。

所長は別に、理由を聞かずに、同房だったという男に会わせてくれた。

あと二日で出所するという北原徹《きたはらとおる》という二十九歳の男だった。

所長が、大学出のインテリだといっただけにどことなく、気難しい感じのする男だったし、皮肉な眼つきで、十津川の質問に答えた。

「娘のことは、よく話していたよ。あんなに美しく成長してくれるとは、思ってもみなかったとね。だが、殺すとはねえ」

と、北原は、いった。

「出所したら、一緒に住みたいといっていたのかな?」

「出来れば、そうしたいといってたね。そりゃあ、当然だと思うよ。唯一人の肉親なんだから」

「面会の時にも、そのことを、娘に、いってたんだろうか?」

「さあねえ」

「君には、いわなかったのか?」

「面会のことを、いちいち、おれに報告はしないよ。しかし、面会のあとは、とても、ご機嫌だったよ。あんな美人の娘さんが、面会に来てくれたんだから、そりゃあ、嬉《うれ》しかったろうと思うよ」

「あんなって、君は、娘を見たのか?」

「写真を見せてもらったんだよ」

「写真？」

「娘さんが、持って来てくれたといっていつも、枕元《まくらもと》に飾っていたよ。あれは、晴着姿だから、成人式の写真じゃないかな」

「菊地は、娘を殺してから、東京湾に身を投げて自殺した。このことを、どう思うね？」

「自殺だって」

北原は鼻を鳴らすようにして呟《つぶや》いた。

「君は、どう思うね？」

「警察が、自殺と思うのなら、そうなんじゃないの。日本の警察は、世界一優秀だというから」

「それは、皮肉かね？」

「とんでもない」

北原は、大げさに、首をすくめて見せた。

「菊地に、何か聞いているのだろ、話してくれないかね？　出所する時、シャバへ出たら、何をするつもりだとか、君に話したんじゃないかね？　どうなんだ？」

「何も聞いてないよ」

「本当か?」

「ああ」

「君は、明後日《あさって》に、出所するんだろう?」

「やっとねえ」

「出所したら、どうするんだ?」

「さあね。まず、自殺だけはしないから、大丈夫さ」

「君は菊地と、毎日、どんなことを話してたんだね?」

「ここでは、私語を交わすことは、禁じられているんでね」

「しかし、寝る前ぐらい、いろいろと、お喋りをしてたんじゃないのかね? 現に、娘のことは、君に話していたわけだろう?」

「聞いたのは、娘の話ぐらいだよ」

それだけいうと、北原は黙り込んでしまった。

6

十津川が、東京に帰ると、もう、新しい事件が彼を待っていた。渋谷《しぶや》で起きた強盗殺人事件だった。

「申しわけありませんが、もう少しの間、私を、その仕事から外《はず》しておいてくれませんか」

と、十津川は、本多捜査一課長に頼んだ。本多は、当惑した顔で、

「まだ、菊地の事件のことに、こだわっているのかね？　亀井刑事から話は聞いたが、君が、責任を感じることはないと思うがね」

「どうも、あの事件には、納得できないところがありまして」

「どこがだね？」

「写真も、その一つです。菊地は、娘の圭子を殺し、彼女の写真を一枚盗んで持って行ったと思われていましたが、その写真は、彼女が、面会に行った時、父親に渡したものだったのです」

「しかし、だからといって、菊地が、娘を殺さなかったということにはならんのじゃ

ないかね？　娘の写真があったので、なおさら、菊地は、出所後、娘と暮らしたかったということだって、考えられる。だが、娘の方は、拒否した。菊地は、カッとして殺し、自責の念から、自殺してしまった。筋道は立つんじゃないかね？」

「それは、そうですが」

「他に、何かあるのかね？」

「いえ、今は、それだけです」

十津川がいうと、本多は、「ねえ。十津川君」と、優しくいった。

「君の気持が、わからなくはない。君は、小早川圭子が、実の父親に殺されてしまったのでは、あまりにも、可哀そうだと思っているんだろう？　君の自責の念が、それに拍車《はくしゃ》をかけているんじゃないのかね。しかし、冷静に見て、あの事件は、もう終ったんだよ」

「それは、わかりますが、もう少し、調べさせてくれませんか」

なおも、十津川がいうと、日頃、温厚な本多が、珍しく、厳《きび》しい表情になって、

「今もいったように、あの事件は、もう終ったんだ。警察として、解決したと発表しているし、捜査本部も解散している。それも、疑問を残したまま解決したわけじゃない。菊地が、娘の圭子と一緒に住みたいと思い、それを拒否されて、カッとして殺す

のも納得できるし、そのうえ、自責の念から自殺したことも、納得できる。それなのに、君が、まだ、疑問があるような顔で、歩き廻っては、警察に対する不信を招きかねない」

「それは、わかります」

「わかるのなら、個人的感傷は捨てたまえ」

「しかし、課長。地下鉄の車内で、私に、話しかけて来た小早川圭子の顔が、眼の前にちらついて仕方がないのです。私は、彼女を助けてやれませんでした。十年前に、助けてやると約束したのにです」

「彼女は、もう死んでしまったんだ」

「だからこそ余計《よけい》に、私は、責任を取りたいのです」

「誰に対してだね？」

「うまくいえませんが、亡くなった彼女に対してでもあり、自分に対してでもあります。今のままでは、自分自身に腹が立って、次の事件に、入り込めないような気がするのです」

「それは、弱ったな」

「私は、不器用な人間です。一つの問題を抱えたまま、次の事件に入っても、全力をつくせません」

「どうしたいんだね？」

「二日間、休みを取らせて下さい。去年は、一日も、年次休暇を取りませんでした。今年もです。二日間、休暇を取らせていただければ、自分を、何とか納得させられるかも知れません」

十津川がいうと、本多は、じっと、考え込んでいたが、急に、微笑を浮べて、

「まあ、いいだろう。君は、意外と頑固だからな」

「申しわけありません」

「ただし、あくまでも、君一人でやるんだ。それも、十津川省三《しょうぞう》個人として行動してもらいたい。警察が、解決した事件を、また、ほじくり返していると思われるのは困るからね」

と、本多は、釘《くぎ》をさした。

7

十津川は、二日間の休暇届を出してから、警視庁を出た。

菊地が、圭子を殺したのではなく、自殺でもないという確信が、十津川に、あるわけではなかった。ただ、今のままでは、小早川圭子が、あまりにも可哀そうだと思う。その思いが、自責の念と共に、十津川の胸を支配している。

十津川は、圭子が、大島商事の前に勤めていたM銀行の四谷支店に、出かけ、支店長に会った。

安井《やすい》という四十代の支店長は、眼鏡の奥の細い眼を、しばたたきながら、

「小早川君は、しっかりしたいい娘《こ》でしたよ。新聞で、殺されたと知って、びっくりしているところです」

「なぜ、ここを辞《や》めたんでしょうか？　何かミスでも？」

「そんなことは、全くありません」

「では、実父が、殺人犯で、刑務所に入っていることが、わかったからですか？」

「それも違います。私も、ニュースで、初めて知ったくらいです。うちとしては、あくまでも、小早川さんの娘さんとして、採用しましたから」

「すると、彼女の方から、辞めるといったわけですか？」

「もちろんですよ。去年の八月初めに、急に、辞めたいといって来ましてね。いい娘《こ》だし、計算もよく出来るので、私と、人事課長で、ずいぶん説得したんですが、彼女

の意志が強くて、仕方なく、こちらも、諦《あきら》めたわけです」

「サラ金に行くことは、知っていましたか？」

「いや、辞める時は、何もいいませんでしたからね。私は、結婚するんじゃないかと思っていたんです」

「ここでは、いくら貰《もら》っていたんですか？」

「十五万円です」

「他の行員とは、うまくいっていたんでしょうか？」

「彼女は、利口《りこう》だし、朗《ほが》らかでしたから、仲間の間でも、人気がありましたよ」

支店長の話に、嘘《うそ》はなかった。他の行員に聞いても、圭子は、朗らかで、友達も多かったという。

サラ金の大島商事で、彼女が貰っていた月給は、十三万円である。M銀行の月給が安いから、辞めて、大島商事に入ったわけでもないのだ。

圭子は、辞めなくてもいい銀行を、突然、辞めて、サラ金の大島商事に入った。しかも、去年の八月といえば、彼女が、宮城刑務所で、初めて菊地と面会したのが七月だから、その直後ということになる。何か、関係があるのだろうか？

父親から、身をかくすためなら、勤め先だけでなく、住所も変えるはずである。

普通の若い女性なら、大銀行の方を、恰好《かっこう》のいい勤め先と思うはずだった。したがって、この突然の変更には、何かありそうである。

十津川は、もう一度、大島商事の銀座支店を訪ねてみることにした。

サラ金問題が、いろいろといわれながら、今日も二人、三人と、客が来ていた。

支店長の松田は、相変らず、なれなれしい態度で、十津川に向って、

「まだ、この事件を調べているのかね？　事件は解決して、捜査本部も解散したと聞いたんだが」

「調書を作るのに、間違いがあってはいけないと思って、確認のために、伺《うかが》ったのです」

と、十津川は、丁寧にいった。

「それで、何の用だね？」

松田は、あくまで、横柄《おうへい》な口調できいた。

「小早川圭子は、昨年の八月、ここに入社したんでしたね？」

「そうだ。八月十五日だ」

「何かコネがあってですか？」

「いや、新聞の募集広告を見て応募して来たんだ」

「履歴書は出しているんでしょう？」

「もちろん、出させているよ」

「彼女は、前にM銀行に勤めていたのに、そこを辞めて、ここへ来たことに、不審な気はしませんでしたか？」

「おい、おい。この大島商事は、創業二十年を誇る大手の金融会社だよ。われわれも、銀行とだって、対等だと思っている」

と、松田は、肩を、そびやかしてから、

「彼女は、銀行の給料が安いから、うちへ来たんだといっていたよ」

と、付け加えた。

圭子は、嘘をついている。そんなことまでして、この大島商事に入った理由は、何だったのだろうか？

十津川は、いったん、大島商事を出ると、五時まで、近くで待っていて、退社して来た女子社員の一人をつかまえた。

三十歳近い女である。

喫茶店で、彼女から、話を聞くことにした。早野和子《はやのかずこ》という名前で、圭子の隣りの机に座っていた女だった。

「小早川圭子と、いつも、どんなことを話していたか、知りたいんだ」

十津川がいうと、大島商事に、もう五年勤めているという和子は、

「あの人は、変なところがあって、やたらに、社長のことを知りたがってたわ」

「社長のこと？」

「大島《おおしま》社長。うちの支店長は、社長の親戚《しんせき》なの。だから、引っ張られて、支店長になったのよ」

「なぜ、彼女は、社長のことを知りたがったのだろう？」

「わからないわ。それでね。うちの会社では、正月の三日に、社員が、社長の家に集ることになってるの。まあ、年賀に行くみたいなことだけど、女子社員は、邸《やしき》の掃除をさせられたり、ご馳走《ちそう》を作らされたりするのよ。タダでね」

「彼女も、今年の正月に、社長の家へ行ったんだね？」

「ええ、連れて行ってくれというから、田園調布《でんえんちょうふ》の駅で待ち合わせて、連れて行ったわ。そしたら、びっくりしちゃった」

「何がだね？」

「いつものように、女子社員が、お雑煮《ぞうに》なんかを作っていたら、いつの間にか、彼女が、いなくなったの。広い邸だから、迷ったのかなと思って、探したわ。そしたら、

二階の社長の書斎から、上気した顔で出て来たのよ。びっくりしたのは、その時、大島社長も、その書斎から出て来たことなの」

「なぜ、そこにいたか、彼女は、理由をいってたかね?」

「間違えて入ったっていってたけど、私たち社員は、一階しか入っちゃいけないといわれてるのよ。あれは、おかしいわ」

「大島商事というのは、サラ金としては大手なんだろう?」

「ええ。でも、十年前頃から、急成長したみたいね。それまでは、小さな会社だったらしいわ」

「社長は、どんな人だね?」

「そうね。一見、優しそうだけど、本当は、怖い人だって、いわれてる。私は、よく知らないけど」

8

翌日、十津川は、田園調布の大島邸を訪ねてみた。

まさに、豪邸だった。

敷地は、楽に千坪はあるだろう。広い庭には、プールも作られている。車庫には、ロールス・ロイスと、ベンツが並んでいた。

鉄筋二階建で、二百坪近い邸には、いたるところに、監視用のカメラが取りつけてある。

（まるで、要塞《ようさい》だな）

と、苦笑しながら、十津川は、インターホーンのボタンを押した。監視カメラに向って、警察手帳を見せて、やっと、中へ入ることが出来た。

一階の応接室に通された。金ピカの椅子《いす》が並んでいた。一脚何十万もするのだろうが、十津川には、座り心地《ごこち》が悪かった。

十分近く待たされてから、社長の大島幸雄《ゆきお》に会うことが出来た。五十五、六歳で、顔立ちが、どこか、銀座支店長の松田に似ているのは、親戚だからだろう。

「私の会社は、規則を守って仕事をやっていて、警察にあれこれいわれるはずはないと思っていますがね」

と、大島は、いきなり、いった。

「私は、亡くなった小早川圭子のことで、伺ったんです」

「そんな女のことは知りませんが」

「おたくの銀座支店で働いていた女性です」

「ほう。しかし、支店の人間まで、いちいち覚えていられませんね」

「彼女は、今年の正月、ここへ来て、あなたと二人で、二階の書斎に入っていたことがあるんですよ。覚えておられませんか？」

十津川は、用意してきた圭子の写真を、相手に見せた。大島は、ちらりと見たが、なぜか、すぐに眼をそらせてしまった。

「覚えていませんね」

と、大島は、いった。

「では、菊地保夫という男は、ご存じですか？」

「いや」

大島が、首を横に振った。それも、おかしかった。普通なら、何をしている人間か、きき返すはずなのに、それがない。

「多分、あなたの会社から、金を借りた男だと思うのです」

十津川がいうと、大島も、笑って、

「ねえ。警部さん、うちは、東京だけで、七つの支店があるんですよ。社長の私が、お客の名前を一人一人、覚えているはずがないじゃありませんか」

「立派な社史ですね」

「え？」

「あなたを待っている間に、そこにある社史を拝見しました。それによると、十年前には、店は一店しかなく、社員も、わずか五人で、大島さん自ら、陣頭に立って、働かれたそうですね」

「そうです。当時から、お客本位でやって来たのが、今日《こんにち》の発展につながったのだと、自負していますよ」

「菊地は、その頃、おたくから、金を借りているんですがね」

「十年も前のことは、覚えていませんよ」

大島は、顔をしかめた。が、いぜんとして、菊地のことは、きこうとしない。不自然だった。

「おたくから、借金をした人間が、事件を起こして、刑務所に入った場合、その借金は、どうなるんですか？」

「お気の毒ですが、家族の方に払っていただくことになっています。うちも、慈善事業ではないのでね」

と、大島は、いった。

十年前、菊地は、サラ金から多額の借金をして、妻と別れる破目《はめ》になった。大島商事から借りたかどうか、十津川は、覚えていないが、もし、そうなら、十年後の事件とつながると思って、相手に、カマをかけてみたのである。

だが、大島の態度から見ると、どうやら、十津川の推理は、当っていたらしい。

だが、十年前のことが、小早川圭子と、菊地の死につながるとしたら、どうつながるのだろうか？

「十年前の帳簿を見せてもらえませんか」

「そんな昔の帳簿は、もうありませんよ」

「おかしいですね。あの社史では、昔の帳簿を、きちんととっておいて、いつも、自戒《じかい》のもとにしていると、社長談話が出ていますね」

十津川がいうと、大島は、顔を赤くして、口の中で、何か呟《つぶや》いていたが、仕方がないというように立ち上り、奥から、古い帳簿を持って来た。

十津川は、十年前のものを、見ていった。

客の名前、借用金額、利息、返済日などが書き込んであった。

十津川が、思った通り、菊地保夫の名前も見つかった。何回かにわたって、合計、三百万近い金を借りていたが、驚いたことに、五月七日に、返済されたことになっていた。

五月七日といえば、確か、彼が別れた妻を殺した日ではないか。

十津川が、その日付のことをきくと、大島は、昔のことなので、覚えていないの一点張りだった。

十年前、十津川は、妻を殺した菊地を逮捕した。その時、菊地は、仕事についておらず、月二万五千円のアパートの部屋代も、払えずにいたはずである。それなのに、三百万円の借金が、返済されたことになっているのは、なぜなのだろう？

9

十津川は、警視庁に行き、十年前、自分の書いた調書に眼を通した。

読んでいると、あの事件のことが、少しずつ、鮮明によみがえってくる。もちろん、当時十一歳だった圭子のこともである。

間違いなく、調書にも、「主として、大島商事から三百万円近く借金があり――」と、記入してある。

〈――妻の英子が、かたくなに、復縁を断わり、その上、借金のことを口にして、私

をののしったので、かッとして、傍にあったコードで、背後から、くびを絞めて殺しました——〉

とも、菊地は、自供している。

しかし、大島商事の帳簿によれば、この前日、借金は、全額、返済されたことになっているのである。

本当に、返済したのなら、当然、菊地は、それを、英子に話したはずである。

(おかしいな)

と、思う。この自供が間違っているか、大島商事の十年前の帳簿が間違っているかのどちらかである。あるいは、どちらも、嘘なのかも知れない。

十津川は、調書を返し、もう一度、田園調布に、大島を訪ねることに決めた。いったん、自宅に帰り、小型のテープレコーダーを用意したのは、大島の話を録音するためだった。全てのカギを、彼が握っているような気がしたからである。

テープレコーダーを、ポケットに忍ばせて、田園調布に着いた時は、すでに七時を過ぎ、周辺は、暗くなっていた。

大理石《だいりせき》造りの門の前に立ち、インターホーンを押そうとした十津川は、鉄柵《てつさく》越しに見える車庫の方で、何か、物音がするのを聞いた。

鉄柵も小さく開いている。

十津川は、ベルを鳴らすのをやめて、中へ入って、車庫の方へ近づいてみた。

車庫には、明りがつき、二台並んだ車の奥から、人声が聞こえてくる。

「冷静になりたまえ」

と、いっているのは、大島の声だった。

「それなら、すぐ、五千万円、持って来させろ！」

もう一人の男が、怒鳴《どな》った。聞き覚えのある声だったが、すぐには、誰なのかわからなかった。

「すぐには無理だ。用意しておくから、明日、また、ここへ来たまえ」

「そして、菊地みたいに、自殺に見せかけて殺すのか？　おれは、あいつみたいに甘くはないんだ」

男がいった。

（あいつだ）

と、十津川は、思った。宮城刑務所で会った北原という男だ。今日、出所したはずだ。

「おれは、菊地から、聞いてるんだ。十年前、あんたは、スポーツ・カーを運転していて、子供をはねて殺した。誰も見ていないと思って、頬《ほお》かむりするつもりだったのに、たった一人、目撃者がいたんだ。女さ。その女が、菊地の奥さんだと知ったあんたは、菊地が、三百万円を借りてるのをいいことに、奥さんを黙らせろと、圧力をかけた。菊地は、仕方なく、別れた奥さんのところへ行った。頼んだが、承知しない。そこで、菊地は、カッとして、首を絞めちまったのさ。復縁を迫って殺したんじゃないんだ。だが、真相をバラされたら、あんたが困る。そこで、菊地に頼んだ。真相を話さなかったら、借金は、棒引きの上、出所した時に、五千万円払う。その他に、十一歳だった彼の子供の面倒もみるといったんだ」

「―――」

「菊地にとって、子供のことが、一番心配だった。それで、あんたの頼みを承知したんだ。あいつは、気がいいから、十年間、ひたすら、沈黙を守っていた。ところが、出所間際《まぎわ》になったので、娘に手紙を書き、面会に来てもらって、きいたところ、あんたが、全く、面倒をみていないことがわかった。怒った菊地は、娘に、大島商事の社長が、五千万円くれることになっているから、出所するまでに貰っておけ、もし、よこさなければ、十年前のことを、バラすといっておけと、指示したんだ。ところが、あんたは、菊地の娘を殺し、さらに、菊地まで、自殺に見せかけて、殺しやがった。

それで、あんたは、大丈夫だと思ったんだろうが、もう一人、おれという後継ぎがいたってわけだよ。菊地に代って、おれが、五千万円貰う。その中から、あいつの立派な墓を立ててやるよ」

「出所者の言葉なんか、警察が聞くかな？」

「さあね。だが、十年前の四月三十日に、東京の世田谷《せたがや》で起きた轢《ひ》き逃げ事件を、調べてもらえば、どうなるか試してみたいね。それでいいんなら、勝手にしろ」

「待ってくれ。もう少し、話し合おうじゃないか」

「話し合う必要なんかないぜ。五千万円払うか、おれが、警察に連絡するかのどちらかしかないんだ。ぐずぐず――」

ふいに、北原の声が消え、どすんという、人の倒れるような音が聞こえた。

今度は、別の男の声が聞こえたが、低い声なので、十津川には、聞こえなかった。

やがて、二人の男が、奥から出て来て、ベンツに乗り込もうとしたが、そこに、十津川の姿を見て、ぎょっとして、立ちすくんだ。

一人は、大島、もう一人は、銀座支店長の松田だった。

大島が、ぎこちなく笑い、松田は、ニヤッと笑ってから、

「確か、十津川君だったね？」

と、わざとらしく、きいた。

十津川は、黙って、車の後に廻った。北原の姿はない。

ベンツのトランクを開けてみた。

くの字形に折り曲げられた北原の身体が、そこに、押し込められていた。

後頭部に、血のりがこびりついているところを見ると、松田が、背後から殴《なぐ》りつけたのだろう。脈を診《み》たが、すでに、事切れている。

「殺したな」

と、十津川は、二人にいった。

「泥棒だよ。車庫に忍び込んでいて、見つけたら、いきなり、殴りかかって来たので、やむなく、殴り返したんだ。正当防衛だよ」

松田が、高飛車《たかびしや》にいった。

十津川は、黙って、ポケットから、テープレコーダーを取り出して、二人に聞かせてやった。

10

十津川は、今日も、地下鉄に乗って、警視庁に出勤する。

大島と松田が自供して、事件は、解決した。圭子を殺したのが父親の菊地保夫でなかったことがわかったことは、今度の事件で、救いではあったが、それで、十津川の責任が、軽くなるというものではなかった。

四谷三丁目に電車が近づき、乗客が乗り降りするたびに、小早川圭子のことを、思い出すからである。

彼女は、父親の菊地のいう通り、大島に五千万円を要求しようとした。しかし、なかなか会えないので、M銀行を辞めて、大島商事の銀座支店に入り、正月に、大島の私邸へ行った時に、彼に会ったのだろう。

だが、圭子は、自分のしていることが、恐しかったに違いない。だから、電車の中で会った十津川に、相談しようとしたのだ。

あの日の夜、松田は、五千万円を持って来たといって、圭子を安心させて、部屋に入り込み、隙《すき》を見て、コードで、絞殺したという。菊地が出所する日に合わせ、十年前の事件と同じ方法を使ったのは、もちろん、菊地を犯人に仕立てあげるためだった。

菊地は、出所して、四谷三丁目のマンションに行き、娘が殺されたことを知り、大島を月島の岸壁に呼び出したが、逆に殺されてしまった。相手は、警察官あがりの松田と二人だったからである。

警察に電話したのは父親の菊地だろう。

いつか、この事件のことも、忘れるようになるのか、それとも、いつまでも、忘れずに、十津川の心の重荷になって残るのか、彼自身にもわからない。

私を殺しに来た男

いつか、私は殺されるだろうと、覚悟していた。殺されても、仕方のないことを、私はしてきたのだから。

私の名前は、今西美代子《いまにしみよこ》。私を産んでくれた母は、恐らく、美しくなって欲《ほ》しいと願って、名前の中に〝美〟という字を入れたのだろう。

私が生まれた時、父と名のつく人は、もういなかった。つまり、母は、未婚の母として私を産んだのだ。

私は、母の願いどおりに成長した。美しくである。

高校に入ると、ニキビ面《づら》の男の子たちから、やたらにラブ・レターを貰《もら》った。高校二年の時には、ある有名プロダクションのマネージャーという男から、タレントにならないかと、声をかけられた。

その頃から、私は、自分の美しさを強く意識しだしたといっていいだろう。

若い独身の英語の教師は、私が、じっと見つめてやると、顔を赧《あか》くした。高校三年になった時、T大を出たというその教師が、二人だけになった時、いきなりキスしてきた。それを見ていた同級生がいて、大問題になり、彼は学校をやめていった。

私は、別に、川田健夫《かわだたけお》という痩《や》せて背ばかり高い英語教師が、好きでも嫌いでもなかったから、彼がやめても、悲しいとは思わなかった。ただ、キスされた感覚だけは、しばらく残っていた。

母は、私を学校にやるために、小さなバーを開いた。二十歳《はたち》の時に私を産んだ母は、まだ十分に若くて、ちょっと下品な美しさがあったから、母目当ての男たちが、たくさん集まって来た。

私は、そんな男たちが、母をものにしようとして争うさまを、自分でも驚くほどの冷静さで観察していた。可愛《かわい》げの全くない少女だったのだ。

私が高校を卒業した年、母は、その男たちの一人に殺されてしまった。

犯人は土地成金《なりきん》の六十歳の男で、多額の金を母に注《つ》ぎ込んだのに、母が結婚を承知しないので、猟銃を持ち出し、母を射《う》ち殺したのだった。

その男は、三千万円近く、母に渡したと警察でいったけれど、母が亡くなった私の家には、預金が百万円ほどしかなかった。犯人が嘘《うそ》をついたのか、それとも、母が、その金を別の男に貢《みつ》いでしまったのか。

私は、それを考える代わりに、預金の百万円を引き出し、それを持って、地方の小さな町から、東京へ出て行った。

東京に出てからの私の生活を、ある人は、堕落《だらく》の歴史だというかも知れないし、ある人は、成功への階段を昇ったといってくれるかも知れない。

とにかく、二十六歳になった今、私は新宿《しんじゆく》に、かなり大きなバーを持ち、都内にマンションを四つ所有している。部屋代だけで、一カ月に五十万円は入ってくる。真っ赤なアルファ・ロメオを乗り廻《まわ》し、五百万はする毛皮のコートを無造作《むぞうさ》に羽織《はお》っている。

女としては、成功したといえるだろう。

その代わり、私は、二人の男から命を狙《ねら》われることになった。

その理由を、書かなければならない。

東京へ出てきた当初は、何もかも珍しく、驚きだった。郷里の町では、ひとかどの悪女のつもりだったが、大都会の東京では、文字どおり、小娘でしかなかった。

チンピラに欺《だま》されて、ひどい目にあったこともあるし、警察の厄介《やっかい》になったこともある。

二十歳を過ぎた頃には、私も、一人前の都会の女になっていて、二つのことしか信じなくなっていた。頼りになるのは、お金だけだということが一つ。もう一つは、贅《ぜい》沢《たく》は素晴らしいということだった。

二十二歳の時、私は、新橋《しんばし》のバーで働いていた。その頃から、当然のことながら、幼さは、すっかり消え失《う》せ、大人の美しさになっていた。有名な占いの先生が、客として店にやって来て私の顔を見て、

「君は、男を狂わす女だね」

と、真顔でいったことがあったが、私は、それを、私に対する讃美《さんび》と受け取った。それだけ、私は、図太《ずぶと》い女になっていたのだ。

その頃、突然、お客の一人に、「お美代じゃないか」と呼ばれた。

驚いたことに、あの英語教師の川田だった。私が変わったように、川田も、すっかり変わっていた。太って貫禄《かんろく》がつき、鼻の下に、チョビひげを生《は》やしていた。

川田は、東京へ出てから、英語に堪能《たんのう》なのを生かしてオモチャの輸入業を始めていたのだが、折からの円高ドル安で、この仕事が当たった。オモチャの輸出業者が、青《あお》息吐息《いきといき》の中で、アメリカからの輸入を手がけていた川田は、大儲《おおもう》けをしたのである。

だから、私の働いていたバーにやって来た時の川田は、自信にあふれ、札びらを切っていた。

川田は、ちょうど、二年前に結婚した妻と別れた直後だった。彼は、お店へ二度目に来た時には、私に結婚しようといった。私は承知した。別に、川田が好きだったからではない。彼の財産が目当てだったのだ。

結婚してわかったのは、たまたま、円高で当てたものの、川田には事業家としての才能はゼロに近いということだった。今はいいが、そのうちに、駄目《だめ》になることは、目に見えていた。

だから、私は、川田が私を溺愛《できあい》しているのを利用して、彼名義の不動産を私名義に変え、お金の方は、秘密の口座に、どんどん預金してしまった。

川田は、私に優しかった。機嫌のいい時は、私を、昔のように「お美代」と呼んだが、腹を立てると、「美代子」と呼び捨てにした。

川田を好きでも嫌いでもなかったが一緒になってみると、彼の嫌《いや》なところばかりが、目につくようになった。

社長を気取り、アメリカの高級車を乗り廻していたが、生まれつき臆病《おくびょう》だということもわかって来た。私は山が好きなので、強引に山登りのお伴《とも》をさせたことがあったけれど、川田は高いところが駄目で、吊《つ》り橋で足がすくんで動けなくなってしまったことがあった。腕力にも自信がない男だったから、私が襲われたら、助けてくれずに、逃げ出してしまうのではないかとも思った。

もちろん、こんなことは、愛情があれば、別にどうということでもないのだろうが、愛のない結婚をした私にはますます、川田が嫌いになるきっかけになった。

結婚して一年半たった頃、私が予想したとおり、川田の仕事がうまくいかなくなってきた。アメリカからのオモチャの輸入にうまみがあると知って、他の会社が乗り出して来たからだった。

そうなると、経営の才能のない、度胸もない川田が、押されて、うまくいかなくなるのは、目に見えていた。

私は、自分名義にしておいた不動産を、川田に内緒でさっさと売り払い、それを、秘密の預金口座に入れてしまった。

資金繰りに困った川田が、やっと、そのことに気づいて、真っ赤になって怒ったが、私は、平気だった。

川田が睡眠薬を多量に飲んで自殺を図《はか》ったのは、その直後だった。事業がうまくいかなくなったことを悲観してと、新聞は書いたが、それより、私に裏切られたことのショックの方が大きかったのではないだろうか。自惚《うぬぼ》れでなく、そう思った。

川田は、発見が早くて助かったが、私は、それを理由にして、彼と離婚してしまった。

私は、この離婚で、一億円近いお金を手に入れ、それで、新宿に自分の店を持った。

店の名前は、自分の名前をとって、「みよ」とした。ホステス五人の小ぢんまりした店だった。

そこで、私は、大橋功《おおはしいさお》と会った。

大橋は、四十六歳で、Sという信用金庫の支店長だった。

大学時代は、ラグビーの選手で、山登りも好きで、四十代半《なか》ばでも、精悍《せいかん》な顔つきをしていた。

私は、この大橋を嫌いではなかった。お互いに山が好きだという共通の趣味もあったし、川田とは違って、決断力があったからだった。

大橋には、妻子がいた。最初に会った日から、「君に惚《ほ》れたよ」と、笑いながらいった。

私は、意識的に、大橋に近づいていった。

彼に惚れたわけではない。私は、新宿にバーを一軒持ったぐらいでは、満足できなかったからだ。

信用金庫の支店長で、ワンマン的に振舞《ふるま》っている大橋ならば、どんな大金でも自由になるのではないかと、私は思った。

大橋は、一日おきぐらいに、私の店に飲みに寄った。彼一人で来ることもあれば、部下を連れて来ることもある。

何回目だったか忘れてしまったが、私の方から、大橋をホテルに誘った。

私は、自分の肉体に自信を持っていた。名器といった言葉は、あまり信用しないが、私とセックスした男は、異口同音《いくどうおん》に、抱きごたえのある身体《からだ》をしていると、私をほめた。プロポーションだって崩れていないし、肌も、しっとりと柔らかい。色も白い方だ。

男に身体を与えたら、そのとたんに男の熱がさめるという女がいるけれど、そんなのは、自分の身体に自信のない女のいうことだ。私は、逆に、男に身体を与えることで、私を忘れられなくさせてやる。

私の予想どおり、大橋は、私の虜《とりこ》になった。

そんな大橋の気持の動きを見定めてから、私は、最初、十万円単位の借金を彼に申し込んだ。

大橋は、次の日、そのお金を封筒に入れて持って来た。私は、ごほうびに彼を、私のマンションに案内し、一緒に寝た。

それからあとは、無心の額を、少しずつ大きくしていけばよかった。合計が、ある額まで達してしまうと、大橋は、平気で、店のお金に手をつけるようになった。架空の会社や個人に、支店長の裁量《さいりょう》で融資《ゆうし》したことにして、大金を引き出し、私に用立ててくれた。

しかし、そんな架空の融資が、いつまでもバレずにいるはずがない。

私は、大橋からある程度の金を絞《しぼ》り取ると、バー「みよ」も売り払って、ふいに、姿を消してしまった。

大橋の業務上横領が、そろそろバレる頃だと、ふんだからだった。

案《あん》の定《じょう》、それから三日して、大橋は業務上横領で、警察に逮捕された。私は、姿を隠して、事件が静まるのを待った。

大橋は、結局、三年の刑を受けて、刑務所に入った。

大橋の妻は、女のために公金を横領した夫に愛想をつかしたのだろう。彼が、刑務所に入っている間に、さっさと離婚手続きをとってしまった。

無一文になってしまった大橋は、出所しても、まともな仕事にはつけないだろう。

私は、そんな大橋には、全く関心がなかったから、刑務所に、面会にも行かなかった。

私は、また新宿に店を出した。マンションも、都内に四つ持った。

私は、幸福だった。

私は、楽しさにかまけて、刑務所にいる大橋のことも、自殺未遂を起こした川田のことも忘れてしまった。

川田については、今、何をしているかさえ知らなかった。過去を振り返らないというのが、私の信条だったからだ。

二代目の「みよ」は、うまくいっていた。客ダネもよかったし、五人のホステスも、若くて、ピチピチしていて私よりも、客扱いがうまかった。

年に一回は、そのホステスたちと一緒に、優雅にフランスへ旅行したり、タヒチのバカンスを楽しんだりして過ごした。

大橋は、刑務所では、模範囚《もはんしゅう》だったらしく、三年の刑期を、二年に短縮されて出所した。

もちろん、私は、何も知らずにいた。大橋のことを思い出すことがあっても、刑期は、あと一年あると考えていた。

それが、いきなり、大橋から、手紙が届けられたのだった。

〈私は、今日、N刑務所を出所した。大事な二年間を、冷たく暗い鉄格子《てつごうし》の中で過ごさざるを得なかったのは全て、お前の責任だ。お前がいなかったら、私は、支店長でいられたはずだ。いや、本店の重役になれていたかも知れない。この償《つぐな》いを、お前にさせてやる。ここ一週間の間に、お前を殺しに行く。これは、単なる脅《おど》しじゃない。必ず、殺してやる〉

署名は、「大橋」となっていた。やや右上がりのその字に、私は見覚えがあった。間違いなく、あの大橋だった。

私は、バラ色に見えていた世の中が急に、灰色になってしまったような気がした。背筋《せすじ》に冷たいものが走った。

次の日の夜遅く、自分のマンションで風呂《ふろ》に入っていると、電話が鳴った。タオルを身体に巻きつけて、受話器を取ると、

「美代子か？」

と、男の声が聞こえた。低い、ちょっとかすれたような声に、私は、聞き覚えがあった。

「川田さん――ね？」

「ああそうだ」と、川田はいった。

「僕が、昨日まで、どこにいたかわかるか？」

「まさか、刑務所じゃないでしょうね？」

大橋のことがあったので、私は、冗談めかしていったのだが、川田は、あくまで冷たい口調で、

「同じような場所だよ。病院にいたんだ。面白いだろう？　え？」

「なぜ、そんなところに？」

「君のせいだよ。君のせいで自殺しかけてから、心の状態がおかしくなってね。ずっと、病院に入っていたんだ。昨日までだよ」

「でも、退院できてよかったわ」

「ああ、退院できてよかったさ。君を殺すことが出来るからな」

「何ですって？」

「そのうちに、君を殺しに行くといってるんだ。楽しみに待っているんだな」

「ちょっと。待ってよ」

私は、あわてていったが、川田は音を立てて、電話を切ってしまった。

私は、茫然《ぼうぜん》として、しばらくの間、切れてしまった受話器をつかんでいた。

あの川田が、殺してやるなどと、冗談をいうはずがなかった。病院に入っていたというのも、本当だろうと思った。

私は、二人の男から、命を狙われることになってしまったのだ。

警察にも、もちろん行った。が、刑事たちは、熱のない調子で聞いてくれただけだった。警察というところは、事件が起きてからでなければ、動いてくれないものだとわかった。

（誰も頼りに出来ない）

と思ったものの、どうしたらいいかわからなかった。

それで、私は、痴漢撃退用の小型のサイレンを買った。とにかく、万一にも襲われたら、音を出して脅してやろうと考えたのだ。それが、何の役に立つかわからなかったけれど。眠る時は、枕の下に入れた。

その夜。

怖《こわ》い夢を見て、深夜に目がさめると目の前に、黒い人影が立っていた。

「あッ」

と、悲鳴をあげたとたんに、相手は両手で、私の首を絞《し》めあげた。

呼吸が苦しくなる。目の前が暗くなってくる。

（助けて！）

と、叫んだつもりなのに、声にならない。必死で、枕の下からサイレンをつかみ出して鳴らした。

相手は、びっくりしたらしく、あわてて、ドアを開けて逃げ出して行った。

間もなく刑事がやって来た。

犯人は、窓から侵入したのだと刑事はいった。

「でも、ここは七階ですよ」

「屋上から、ロープをたらしておりて来たんだよ。ベランダにおり、窓ガラスを割って、開けたんだ。あんたは、二人の男に狙われているといったが、そのどちらが襲ったか、わかるかね？」

「ええ、わかります」

「暗くて、顔も見えなかったんだろう？」

「それでも、私には、犯人は誰かわかりました」

と私はいった。

〈解答編〉

大橋　功

川田も、大橋も、私を殺す動機を持っている。

だが、川田は、高いところが駄目で足がすくんでしまうのだ。そんな男に屋上からロープをたらし、七階にある私の部屋のベランダにおりられるはずがない。

その点、大橋は、私とよく山へ登ったように、高いところが平気だし、ロッククライミングめいたこともできる。

だから、私を襲った犯人は、大橋に違いなかった。

見張られた部屋

「金はいくらでも出すから、家内の素行《そこう》を調べてもらいたい」

と、坂口大造《さかぐちだいぞう》は、太った身体をゆするようにして、私を見た。

私は、借金に追われていたから、一も二もなく、引き受けることにした。

「それで、奥さんの浮気の相手に、想像はついていらっしゃるんですか？」

「ついているとも。田村謙一《たむらけんいち》という画家だ」

「わかっていらっしゃるんなら、なぜ、私に頼みにいらっしゃったんですか？」

「確証がないんだよ。確証が」

坂口大造は、テーブルをこぶしでゴツンと叩《たた》いた。事務所の机は安物だから、ぐらりとゆれて、私を、はらはらさせた。

坂口は、ポケットから、一枚の写真を取り出して、私に見せた。二十七、八歳のなかなか美人の写真だった。

「家内の美也子《みやこ》だ」

「お美しい方ですな」

大造は、どう見ても六十歳近い。ずい分、年の離れた夫婦だ。

「わしは、仕事が忙しい。それで、家内が、絵でも習いたいというので、田村のところへ通わせたのだ。田村は、彼が不遇な頃、わしが面倒みてやった男だ。ところが、どうも、田村は、家内を誘惑しようとしているらしい」

「奥さんが、そうおっしゃったんですか？」

「噂《うわさ》だ。家内には何もいっておらん。その噂が本当かどうか、調べてもらいたいのだ」

「絵は、どこで習っていらっしゃるんですか？」

「田村のアトリエだ。田園調布《でんえんちょうふ》のマンションだよ。もちろん、家内は、そこに泊ったことはない。だから、わしは、家内を信じておるんだがね」

私は、田村という男を調べてみた。才能があって、独身で、女に持てそうな男だ。それだけに敵も多い。

私は、田村の住んでいるマンションに、彼の留守中に盗聴装置を取りつけた。資金は、坂口が出すのだから、構うことはない。幸運にも、隣りの部屋が空《あ》いていたので、私は一カ月間、そこを借り、その部屋でテープをとることにした。もちろん、この資金も坂口が出してくれたのだ。

盗聴している間に、いろいろなことがわかってきた。同じ画家仲間の白木《しらき》という男が、田村をひどく憎んでいることもだ。どうやら原因は、ある絵画の賞のことらしいが、口論から、あやうく血を見そうなことになったのも、私は、隣室でテープにとった。

田村と坂口美也子の会話も録音した。二人の間に肉体関係があることは明らかな会話だった。が、田村の方は、彼女の若々しい肉体をもてあそんでいるだけで、愛しているとは思えなかった。私は、美也子が関係しているテープだけを、坂口に聞かせた。彼は、身体をぶるぶる震わせて聞いているので、私は、嫌な予感に襲われた。

一カ月近くたった日の夜、私の暗い予感が的中した。田村謙一が、自分の部屋で、何者かにナイフで刺されて殺されたのだ。

私は、その時、隣りで眠っていたが、盗聴テープは回転しているはずだったから、それを聞けば、犯人はすぐわかると思った。ところが、何たることか、その時にかぎって、私はスイッチを入れ忘れていたのである。

警察は、被害者が、犯人を部屋に入れていることから、顔見知りの犯行と考え、坂口、美也子、そして白木の三人を容疑者にあげていたが、死体の傍《かたわら》に、坂口のライターが落ちていたのが決め手になって、警察は坂口を犯人と断定し、逮捕した。

私は、得意顔の刑事たちに、犯人は坂口じゃないといってやった。刑事たちは、

「肝心《かんじん》の時に、テープのスイッチを入れ忘れたくせに、何をいうか」

といった。

「テープが止まっていても、私には、犯人が誰かわかりますよ」

と、私は、負けずにいい返した。

さて、真犯人は誰なのか？

〈解答編〉

田村の部屋には、盗聴装置がついていて、私が監視していた。たまたま、私がスイッチを入れ忘れたが、これは偶然である。もし犯人が坂口だとしたら、彼は盗聴されているのを知っているはずだから、そんな危険な部屋で、殺人は犯さないだろう。とすれば、残る美也子と白木のどちらかが犯人である。二人とも、盗聴装置のことを知らないのだから。犯人が坂口でないとしたら、死体のかたわらに落ちていたライターは、犯人が、坂口を罠《わな》に落とすために細工したものとしか考えられない。

坂口に関係ない白木が、そんな真似をするはずがない。白木には、坂口のライターを手に入れるチャンスもないだろう。とすれば、残る一人、坂口美也子が犯人である。彼女は、愛のない田村を憎み、同時に、老いた夫の坂口にも愛想をつかし、二人を同時に消してしまいたかったのである。

死者が時計を鳴らす

1

とにかく、ケチな爺《じい》さんだった。

名前は、富田徳太郎《とみたとくたろう》、六十二歳。完全に名前負けで、ケチ太郎ぐらいが、ふさわしい。

やもめである。十何年か前に、細君《さいくん》（妻）に逃げられ、以来、ひとり暮しを続けているが、逃げた細君が忘れられないというよりも、食べさせるのが、嫌だという口らしい。

二年前に、庭に（といっても、猫のひたいみたいな小さな庭だが）アパートを建てた。

部屋数わずか、五つのアパートである。アパートの名前は、「富山荘《ふざんそう》アパート」で、これも名前負けの感じがする。富山荘マンションとしなかったのは、さすがに、気がひけたのだろう。

私が、このアパートに入ったのは、三カ月前である。

私は、筆耕《ひっこう》で、生計を立てている。ガリ版というやつは、力がいる割りに、金にならない。が、そんなことは、どうでも、いいだろう。事件は、私の職業とは、何の関係もなく起きたのだから。

私に、爺さんのことを、いろいろと教えてくれたのは、隣の部屋の住人だった。鈴《すず》木利江子《きりえこ》という若い女である。

利江子は、近くのバーで働いているらしい。彼女の年齢は、よく判らない。自分では二十歳といっていたが、どうも十八ぐらいに見えるからだ。丸顔で、ひらべったい顔のうえ、化粧が下手《へた》だから、まるっきり狸《たぬき》みたいに見える時があるが、当人は、意外に、顔に自信があるらしく、

「爺さんたら、変な眼で見るんで、いやんなるワ」

と、私に、いうことがある。

私と、この鈴木利江子が、二部屋借りているのだが、他の三部屋は、カラで、借り手がいない。利江子の話だと、爺さんのケチぶりに驚いて、逃げ出すらしかった。大家としての義務を、一向に果さないのである。安普請《やすぶしん》だから、ドアは、がたぴしするし、窓のスキ間から風が入ってくる。が、絶対に、直さない。

その爺さんが、珍しく、風呂《ふろ》に呼んでくれたことがある。

私は、風邪気味だったから断わったが、利江子は、洗面道具を抱《かか》えて、いそいそ

と、母屋に出かけていった。湯あがりで戻ってくると、

「あの爺さんも、なかなか話せるワ」

と、笑っていた。が、月末になると、真っ赤になって、私に、「あのクソ爺《じじ》いッ」

と、いった。

入浴代二十五円を、部屋代と一緒に請求されたというのである。私は、笑ってしまった。爺さんの方は、三円安くしたので、十分にサービスした積《つも》りなのである。

この爺さんの身の上に、一大事が起きたのは、一週間前であった。

徹夜のガリ切りで、昼頃まで寝ていた私は、ドアを強く叩《たた》く音で、起こされた。あけると、新聞を片手に持った利江子が、青い顔で立っている。

「大変よオ」

と、彼女がいう。銭形平次《ぜにがたへいじ》のガラッ八《ぱち》と同じで、彼女の大変には、なれていたから、私が、取り合わずにいると、

「これを見てよ」

と、利江子は、新聞の一カ所を、私に突きつけた。

〈孤独な老人に、三千万円の贈り物〉

といった文字が、私の眼に飛び込んできた。それに、「富田徳太郎」の名前もあ

る。私は、あわてて、新聞を、引ったくった。

記事の要旨《ようし》は、こういうことであった。十数年前に別れた爺さんの細君は、その後、金持ちの男と再婚した。子供のできぬままに、夫は死亡。彼女も、昨日死んだが、発見された遺書に、遺産は、前の夫、富田徳太郎に贈る、とあったというのである。ケチな爺さんだが、死んだ彼女には、いい思い出もあったのだろう。

「三千万円よ」

利江子が、眼を、きらきらさせて、いった。

「凄《すご》いじゃないのよオ」

「君とは、関係がないだろう」

と、私は、いった。

「それに、相続税を、がっぽり取られるから、爺さんの手に入るのは、二千万くらいかな」

「二千万だって、大金よ」

利江子は、口をとがらせた。

「その大金が、手の届くところにあるのよ」

2

私は、彼女のことが、ちょっと、心配になってきた。

利江子は、悪い女ではない。が、盗癖《とうへき》が、あるからだ。

私も、つい最近まで気がつかなかったのだが、彼女の部屋に遊びに行った時、なくしたガスライターを見つけて、その盗癖に気がついたのである。

彼女は、ケロリとした顔で、「この前、来た時、忘れていったのよ」と、いったが、この言葉は嘘《うそ》だった。ガスライターを買ったのは四日前で、そのあと、彼女の部屋には、行ったことがなかったからである。

彼女には、あまり罪悪感がないらしい。私も、たいして気にしてなかったが、何千万の大金となると、話は、別だった。彼女に、別に愛情は感じていなかったが、泥棒になるのは、困るなと思った。

「変な気を起こすなよ」

と、私は、彼女に、いっておいた。

しかし、変な気を起こした奴は、世の中には、いたらしい。

爺さんは、天涯孤独のはずだったのに、遠い親戚《しんせき》と称する連中が、押しかけて来たのである。

最初に現われたのは、中年の夫婦だった。

名前は田中文男《たなかふみお》に、時枝《ときえ》。どちらも、抜け目のなさそうな顔をした男女だった。

「遠い親戚だっていうけど、あやしいもんだワ」

と、利江子は、眉《まゆ》をひそめて見せた。

「どうせ、金目当てよ」

「ライバルが現われたって顔だぜ」

私がいうと、利江子は、ふん、と鼻を鳴らした。

この田中夫婦は、お土産《みやげ》として、馬鹿でかい電気マッサージ器を、爺さんに、持ってきた。ヘルスセンターなんかにある、十円入れるとトントン肩を叩《たた》くあれである。

私は、エビで、鯛《たい》を釣《つ》る気だなと、おかしくなった。電気マッサージ器で、二千万円が手に入れば、安いものだ。

二番目に現われたのは、瘦《や》せて、ひょろりと背の高い三十五、六の男である。これも、遠い親戚だといって、爺さんを訪ねてきた。

名前は姉小路秀一《あねこうじしゆういち》。

「広小路《ひろこうじ》みたいな顔してさ」

と、利江子は、また、悪態をついた。遠い親戚が一人現われるたびに、二千万円の金が、自分から遠のく気がするらしい。

姉小路は、スイスで手に入れてきたと称する懐中時計を、爺さんに贈った。

「これは、日本に、まだ二つしか入っていない時計です」

と、姉小路秀一は、いった。つまり、彼がその一つを持ち、もう一つを、爺さんに贈るというわけである。

この話は、全て、利江子が、私に教えてくれたのである。

「本当に、そんなに珍しい時計なのかね？」

私がきくと、利江子は、

「高そうなことは、高そうよ」

と、いった。

「目覚しが、ついてるのよ」

「そんなのは、国産にだって、あるさ」

「そりゃあ、そうだけど、本物の金《きん》らしいワ」

「金か」

と、いったが、私は、別に驚きもしなかった。金時計にしたって、値段は、たかが知れている。姉小路秀一も、エビで鯛の口らしい。

田中夫婦と、姉小路秀一は、どう爺さんに、とり入ったのか、空《あ》いている部屋に住むことになった。もちろん、爺さんは、がっちり部屋代を取る気だ。

「爺さんは、どういう気なのかね？」

私は、利江子に、きいてみた。

「あんな連中を、そばにおいて、危険だとは思わないのかね」

「危険より、部屋代の方が、大事なのよ。二千万も手に入ったのに、がっちりしてるんだから。さっきなんか、まだ、一部屋空いてるって、ブツブツいってたもの」

その最後の一部屋も、すぐ、借り手がついた。

大学生だった。四角い顔をして、身体も、がっちりと角ばっている。体育を専攻していると、私に自己紹介してから、急に声を落として、

「実は、ボク、富田徳太郎さんの遠い親戚に当るんです」

と、いった。この学生の名前は、館一彦《たてかずひこ》。やれやれである。

田中夫婦も、姉小路秀一も、一体、何の仕事をしているのか、全然、わからない。

とにかく、一日中部屋にいて、もっぱら、爺さんの、ご機嫌とりをしているのだ。

大学生の館一彦にしてから、まだ、学校が休みに入ったとも思われないのに、部屋に、ごろごろしていたり、ぷいと、どこかに出かけたりして、何を考えているのか、わからなかった。

3

爺さんのご機嫌とりに、まず、成功したと思われるのは、姉小路秀一だった。

贈り物の成功らしい。

田中夫婦の方は、わざわざ小型トラックで、重い電気マッサージ器を運んできたのに、爺さんは、一向に、使おうとしなかった。贈り物の選択を、誤ったとしか、私には、思えなかった。爺さんは、ケチだから、電気代が掛るようなマッサージ器は、真《ま》っ平《ぴら》なのだ。

その点、懐中時計は、金が掛らないし、ピカピカの金時計は、爺さんの好みにあったらしかった。一時間ごとに、目覚しをセットしては、鳴らして、喜んでいる。ケチだが、性格は、単純なのだと、私は、思った。

「一回表は、姉小路秀一が、一点先取というところかな」

と、私は、利江子に、いった。

「君も、金《かね》を手に入れる積りなら、がんばるんだな」

私は、けしかけるように、いったが、そのせいでもないだろうが、利江子は、あれほど憤慨《ふんがい》していた貰い湯も、毎日のように、するようになった。

二十五円の投資で、爺さんの気を引く積りらしい。時々、アパートと母屋の間を（といっても、数メートルしか離れていないのだが）パンティと、ブラジャーだけで、往復したりする。一種の示威《じい》運動の積りらしかった。

「無理だな」

と、私は、利江子に、皮肉をいってやった。

「君の身体は、二千万円には売れないぜ」

「あたしのバストは、九十四センチよ」

と、利江子はいった。ぴったりの返事みたいな気もしたが、同時に、トンチンカンな返事のような気もした。はっきりわかったのは、彼女も、二千万円に夢中だということである。

大学生の館一彦は、別に、これといった派手な行動はしないが、彼の部屋を覗《のぞ》いてみたら、一生懸命に、六法全書を、読んでいた。どうやら、遺産相続の研究に熱中しているらしい。爺さんが、ぽっくりいったら、自分に、どのくらいの金が転がり込んでくるか、ひそかに計算しているのだろう。

私は、面白いことになってきたと、思った。田中夫婦、姉小路秀一、館一彦の、誰が爺さんの財産を手に入れるだろうか。この二千万円レースには、興味が湧く。いや、もう一人忘れていた。鈴木利江子は、遠い親戚ではないらしいが、若さと、九十四センチのバストとで、ダークホースかも知れない。

4

私は、面白いと書いたが、同時に、不安でもあった。

金額が、百万くらいなら、面白さだけしか感じなかったろうが、二千万円である。妙な事件に発展することも考えられる。

爺さんが、二千万円を銀行に預け、その預金通帳を家に置いているらしいと知って、私の不安は、余計に深くなった。

爺さんは、なかなか死にそうにないし、今のところ、誰が、遺産相続人になるか、見当がつかない。てっとり早く爺さんを殺して、預金通帳を奪って、と考える奴が、出て来ないとも限らないのだ。というより、その可能性が、十分ある。学生の館一彦にしても、六法全書の遺産相続の頁《ページ》を読んでいると思っていたが、案外、刑事訴訟法あたりを、読んでいるのかも知れない。

そして、私の暗い予感が、的中してしまった。

朝から、どんよりと曇っていたとなれば、私も、不吉《ふきつ》な予感めいたものを感じたかも知れないが、生憎《あいにく》と、春めいた、暖かい日だった。何か起こりそうな徴候は、どこにもなかったし、事実、夕方まで、いつもの一日であった。

田中夫婦と姉小路秀一は、相変らず、何か画策《かくさく》していたし、館一彦は、部屋に閉じこもって、何やら、やっていた。そして、爺さんは、懐中時計をいじくり回して、一時間ごとに目覚しを鳴らして、悦《えつ》に入《い》っていた。

夕方、七時頃だろうか。

利江子が、ガウンを羽織《はお》り、洗面道具を持って、母屋に行くのが見えた。今日は、バーを休んで、爺さんのご機嫌をとるつもりらしい。

私が、机に向って、ガリ切りをしていると、母屋の方から、利江子の嬌声《きょうせい》が聞こえてきた。

私は、カーテンをあけて、窓から母屋の方を見たが、暗くて、何も見えない。彼女の甘ったれた声は、まだ聞こえてくる。どうやら爺さんと一緒らしい。私は、好奇心にかられ、庭に出てみた。

嬌声が聞こえてくるのは、湯殿《ゆどの》のようであった。私が、近づくと、湯殿の窓の下から、黒い影が、ぱっと逃げ出した。ずんぐりした身体つきで、大学生の館一彦とわかった。

私は、その影が消えるのを待って、湯殿の中を覗いてみた。

へえ、と思った。パンティとブラジャー姿の利江子が、裸の爺さんに、スペシャルサービスの最中であった。妙ないい方だが、私は、彼女を、けなげだと思った。二千万円のためとはいえ、よくやると思った。私が女だとしても、とうてい利江子の真似《まね》はできない。

私が、自分の部屋に戻って、しばらくして、利江子が、赤い顔を、覗かせた。

「大変だな」

と、私は、いった。

「二千万円を手に入れるのも、楽じゃないね」

「見てたの?」

「ちらッとね。爺さんは、君に、金をくれそうかね?」

「それが全然。シャクに障《さわ》るったら、ありゃしない」

と、怒った顔でいってから、ふいに、ぺろりと舌を出した。

「今に、大騒ぎが起こるわよ」

「大騒ぎ?」

「ウン」

と、彼女は頷《うなず》いた。が、一時間、二時間とたっても、一向に彼女のいう大騒ぎは、起きなかった。

「変だナ」

と、利江子が、首をひねった時、母屋の方で、誰かの叫び声が聞こえた。

「ほらね」

と、利江子が、私に笑いかけた。

5

叫んでいるのは、田中夫婦のようだった。

私は、部屋を出て、母屋に行ってみた。爺さんは、奥の六畳に、一人住いである。声が、そこからするので、縁側から、私は、あがってみた。

部屋の真ん中に、爺さんが、俯伏《うつぶ》せに倒れていた。くびに、黒い紐《ひも》が巻きついている。爺さんの使っていた、兵児帯《へこおび》のようだった。

田中夫婦は、二人とも、真っ青な顔をしていた。

「私が、爺さんの好きなドラ焼きを持ってきたら、こんなになっていた――」

と、田中文男が、ふるえ声でいう。姉小路秀一と、館一彦も、部屋に入ってきて、呆然《ぼうぜん》とした顔で、爺さんの死体を、見下している。

「とにかく、警察に知らせた方が、いいですね」

と、私がいうと、学生の館一彦が、

「ボクが、知らせてくる」

と、飛び出して、行った。

私は、そばにいる利江子の顔を見た。彼女も、青い顔をしていた。

「君は、こうなるのを、知っていたのか？」

と、私がきくと、彼女は、強く首を横にふった。

「まさか」

「しかし、大騒ぎが起きると、いってたじゃないか？」

「あれは、違うのよ」

「じゃあ、何だ？」

「いえないワ」

と、彼女は、口を閉じてしまった。

警察は、すぐやってきた。フラッシュがたかれ、私服の刑事が、爺さんの死体を調べ始めた。その時、ふいに、死体から、じーっという音がした。みんなが、ぎょっとして、死体を見下した。死体から、音が出たような気がしたからである。

「時計ですよ」

と、落ち着いた声で、姉小路がいった。その声で、私も、あっと思った。彼が爺さんに贈ったスイス製の金時計だ。

刑事が、かがみ込んで、死体の袂《たもと》から、懐中時計を取り出した。目覚しを止めてか

ら、

「十時にセットしてあるな」

と、いう。私は、自分の腕時計に眼をやった。十時であった。

「十時に、被害者は、誰かと会うことになっていたのかね？」

刑事が、私たちを見てきく。

「違いますよ」と、学生の館一彦が、いった。「爺さんは、その時計が珍しくて、一時間ごとに目覚しを鳴らして、喜んでいたんです。みんな知っていますよ」

彼の言葉に、私も、頷《うなず》いて見せた。

「そうすると――」

と、刑事が、いった。

「被害者は、九時に、セットしたことになる。九時までは、生きていたということか」

「犯人が、その時計に細工しなければ、ですね」

と、私がいうと、刑事は、そんなことは判っているといいたげに、じろりと睨《にら》んだ。

九時前後の私たちのアリバイが、まず調べられた。

その時間に、私と利江子は、一緒だった。

姉小路は、館一彦と、碁《ご》を指していたと証言した。それには、館一彦も、その通りです、といった。

田中夫婦は、町で、爺さんへ土産に持っていくドラ焼きを買っていたと証言した。

誰も、もっともらしいアリバイを持っているのだ。刑事は、黙って、メモを取っていた。じっくりと調べるのだろう。

私たちは、各自の部屋に戻った。私は、戻る途中で利江子に、

「誰が、爺さんを殺したか、君に判るかね？」

と、きいてみた。もちろん、彼女に判るはずはないと、思っていた。バーの女が、名探偵になれるはずがないからである。ところが、彼女は、にやッと笑うと、

「もちろん、誰が犯人か、判っているワ」

と、いった。

6

「判る？　まさか」

「本当に判ってるのよ」

利江子は、自信満々に、いった。

「それなら、なぜ、警察にいわないんだ?」

「お金にならないもの」

利江子は、ケロリとした顔で、いう。

「犯人は、きっと、爺さんを殺して、預金通帳を奪ったに違いない。だから、あたしが犯人を威《おど》して、手に入れてやるのよ」

「君に、そんなことが、できるか?」

「できるワ。ちゃんと、証拠だって、握ってるんだから」

「証拠?」

私は、びっくりした。まだ、犯人が誰かも見当がつかないのに、彼女は、犯人を知っているというし、その証拠も摑《つか》んでいるという。一体、いつ、そんな芸当をやってのけたのだろうか。当てずっぽうではないかと、私は、彼女の顔を、じろじろ眺《なが》め回した。が、彼女は、平然とした顔で、

「これで、お金儲《かねもう》けが、できるワ」

と、いった。私は、まだ信用していなかった。

（彼女が、名探偵だなんて、お笑いではないか）

しかし、翌日、利江子は、どこかへ出かけたまま、夜半《やはん》になっても戻って来なかった。私は気になって、彼女の働いているバーへも行ってみた。が、今日は休みだという返事だった。

利江子が、死体で発見されたのは、次の日の朝だった。近くのドブ川に浮んでいたのである。警察は、絞殺してから、放り込んだのだ、といった。

（彼女のいったことは、本当だったのだ）

と、私は、思った。彼女は、犯人を脅迫したのだ。だから、爺さんを殺した犯人は、彼女も、殺したのだ。

〈解答編〉

犯人は、姉小路秀一。

利江子には、盗癖があった。事件の日の夕方、彼女は、爺さんに、スペシャルサービスまでしたのに、全然、反応がなかった。シャクに障った彼女は、爺さんの懐中時計を盗んだ。このことは、その直後、私に向って、「今に大騒ぎが起こるわよ」といったことで明らかである。懐中時計は、一時間ごとに目覚しをセットしているのだから、ベルが鳴らなければ、爺さんは盗難に気付く。ケチな爺さんは、きっと、騒ぎ立てるに違いない。彼女がいったのは、そのことだが、爺さんは殺され、盗んだはずの時計が袂《たもと》にあった。この細工ができるのは、同じ時計を持っていた姉小路秀一だけである。

爺さんは、時計が盗まれたことに気付かなかった。ということは、彼女が時計を盗んでから一時間以内に殺されたということである。だから姉小路は、無理な細工をしたのである。

扉《ドア》の向うの死体

「明日の会計監査に備《そな》えて、今日は全員で残業してもらうよ」

と、厚生係長の村上《むらかみ》が、四人の部下にいった。厚生係は、N社では地味な職場である。

N社の本社ビルには、社員の健康保持のために、内科診療室があり、医師一人と看護婦一人を置いている。

厚生係の仕事の一つは、面倒くさい診療点数の計算を医師に代ってやることと、医師から注文の出された薬や医療器具を、製薬会社から購入することである。

もう一つは、名前の通り、厚生資金の貸出である。結婚資金は月給の三カ月分、住宅資金（増改築と転居）は月給の六カ月分という割合で職員に貸出す。その資金は、共済組合の金である。

こんな具合だから、出世コースからは外《はず》れた職場だった。

係長の村上は、すでに四十二歳。地方の駅弁大学を出た男で、小心で、規則にばかりうるさい。四人の部下も、不思議に、村上に似ていた。

厚生資金の貸付をやっている水谷《みずたに》は、残業といわれて、ぎょッとなった。独身で賭《か》けごとの好きな水谷は、競輪で五十万円の借金を作ってしまった。その金を捻出《ねんしゆつ》するのに、彼は、自分の仕事を利用したのである。簡単なことだった。N社の社員の名前で、住宅資金の貸出申込書を作り、三文判《さんもんばん》を押す。係長の判を貰《もら》えば、あとは、水谷の思うままである。もっとも、一時的に、その金で借金を払えても、翌月から、住宅資金は二十四回払いで返済しなければならない。そこで、水谷は、他の社員の名前で、また住宅資金を出し、その金で払っていくのである。帳簿面《づら》は合っていても、不正貸出であることに変りはなかった。

薬の買付をやっている鈴木《すずき》も、ぎょッとした一人だった。鈴木は、S製薬から薬を購入していたが、販売員からリベートを貰っていた。月に十万円。それも、医師と二人で五万円ずつわけているのだから、大した金額ではないが、不正であることだけは確かだった。

眼鏡をかけて、点数計算をしている久保《くぼ》は、仕事上の不正はやっていなかったが、マージャンの借りが、村上にある。村上のマージャンは、しんねりむっつりした性格そのままのジャン風で、妙に強く、久保は、しゃくに障《さわ》りながらも負け続けて、六万円近い借金が、村上にできてしまっていた。二人だけになると、必ず、その借金の催《さい》促《そく》をされるので、なるたけ逃げるようにしているのだが、残業となると、また、村上が口にするかも知れない。それに、今日は月末が近い。マージャンの借りは、月末までに払う約束になっているのである。だから、残業をやるといわれると、自然に嫌な顔になった。

ただ一人の女事務員の藤原和子《ふじわらかずこ》は、ソロバンを入れるのと、お茶くみが主な仕事である。二十三歳の女盛りだが、美人には、ほど遠い顔だった。そんな和子が、ある日、男とホテルへ行った。相手は、係長の村上である。

平凡に結婚し、四十二歳でやっと係長になった小心な村上にしてみれば、一世一代の浮気だったたし、不器量《ぶきりよう》な和子なら、簡単にくどけると思って、彼女を誘ったのである。だが、和子にしてみれば真剣だった。その上、一回の情事で、和子は、妊娠してしまった。日頃、男にもてない女ほど、関係のできた男に対して、しがみついていくものである。和子は、村上に、妊娠したことをいい、奥さんと別れてくれと迫った。

村上は、逃げの一手に出た。あげくの果てには、五万円出すから、それで、子供を堕《お》ろせというのである。

和子は、残業するといわれたとき、今日が話をつけるチャンスだと思った。いつもは、仕事が終ると、村上は、彼女を避けるように帰ってしまうし、他の社員のいるところで、話せることではなかったからである。残業の間に、村上と二人だけになれるチャンスがあったら、お腹《なか》の子供のことを、きちんとしたかった。

厚生係の部屋は、診療室の隣りで、二つの部屋は、扉《ドア》でつながっている。五時から残業時間になるわけだが、八時になったとき、急に、係長の村上が、煙草《たばこ》に火をつけてから、

「みんな、ちょっと手を休めて聞いてくれ」

と、四人にいった。

いい匂《にお》いがするのは、村上の外国煙草のせいである。ケチな村上の唯一《ゆいいつ》のぜいたくが、ゲルベゾルテという銘柄《めいがら》だった。自慢げに、ゲルベゾルテを吸う村上を、四人の部下たちは、内心、馬鹿にしていた。煙草を吸う水谷と久保もだが、煙草を吸わない鈴木もである。藤原和子は、もちろん煙草を吸わないし、ゲルベゾルテが、上等かどうかは知らなかったが、それでも、煙草だけ外国品にしてイキがっている村上を軽蔑《けいべつ》していた。

村上は、そのゲルベゾルテの煙を、天井に向って、吐き出してから、

「これから一時間ばかり、休もう。その間に、私は、君たちの一人一人と、内密な話

がしたい。大事な話だ。それで、話は、隣りの診療室でやりたい。私が、向うの部屋にいるから、水谷君から、順番に入って来てもらいたい」

と、いった。とたんに、四人は、それぞれの思いで、顔色を変えた。

村上係長は、煙草をくわえて、ドアをあけ、診療室に消えた。

「じゃあ、水谷君から入って来てくれ」

と、ドアの向うで、村上がいった。

水谷が、虚勢を張るように、大きく咳払《せきばら》いしてから、ドアをあけて診療室へ入って行った。

十分ほどして、水谷が蒼《あお》い顔で出て来た。

次は、鈴木だった。彼も、十分くらいで、蒼ざめた顔で出て来た。三人目の久保は、眼鏡を手で押さえるようにして診療室に入ったが、同じように、十分くらいすると、蒼い顔で出て来た。

最後は、藤原和子だったが、彼女は、五分ほどで、ふんぜんとした顔で出てくると、「冗談じゃないわ！」と、叫んだ。

「九時まで、私は、こちらで休んでるから、時間になったら、起こしてくれ」

と、診療室から、村上の声が聞こえた。診療室には、ベッドが一つあり、村上は、そこに寝転《ねころ》がっているのだろう。

「腹がへったな」

と、水谷がいったとき、突然、部屋の明りが消えた。このビルの隣りも高層ビルだから、外の明りが入って来ないので、文字どおり真っ暗である。

停電は十分間続いた。

明りがつき、四人は、眼をしばたたいた。

「参ったな」

と、久保は、いい、ライターで煙草に火をつけた。

和子が、三人にお茶を注《つ》いで廻《まわ》ってから、

「もう九時になるわね」

と、自分の腕時計を見た。

「そろそろ、係長を起こしてくるか」

と、鈴木がいい、ドアを開けて、診療室をのぞいてから、急に、顔色を変え、同僚の三人をふり返って、

「係長が大変だ！」

と、甲高《かんだか》い声で叫んだ。

他の三人も、あわてて、診療室をのぞき込んだ。ベッドの横の、リノリュームを敷いた床に、村上が俯伏《うつぶ》せに倒れていた。後頭部に血がこびりついている。ベッドの白いシーツにも血痕《けっこん》が見えた。

水谷が、屈《かが》み込んで、抱き起こしたが、村上の息はもうなかった。

「死んでる」

と、水谷は、他の三人を見上げて小さく呟《つぶや》いた。

名刑事の評判が高い吉牟田《きちむだ》刑事は、じっくりと、殺人現場である診療室を眺めた。

ベッドの白いシーツが、しわになっているところをみると、被害者の村上係長は、ここに横になって仮眠していたのであろう。そして、起き上ったところを、後頭部を強打されたのだ。

「凶器は、この血圧計だね」

と、鑑識の日下部《くさかべ》技官が、長さ五十センチくらい、箱型の大きな血圧計を、吉牟田刑事に示した。手に持ってみると、ずっしりと思い。角のところに、どす黒く、乾いた血がこびりついていた。

「指紋はどうだ？」

と、吉牟田刑事が聞くと、日下部技官は、首を横にふって、

「全然出ないよ。丁寧《ていねい》に拭《ふ》き取ってある。犯人は用心深い人間だね」

後頭部の傷は、ほとんど同じ場所に二つついていた。犯人は、血圧計をふりかぶって、二撃したのだ。他に傷はない。

ベッドの近くの机には、灰皿がのっていて、ゲルベゾルテの吸殻《すいがら》二本と、燃えたマッチの軸《じく》が三本見つかった。同じ机の上に、ゲルベゾルテの箱と、マッチ箱があるところを見ると、被害者が吸っていたものであろう。三本のマッチ棒のうち、一本が、根元近くまで燃えている。これでは、さぞ、指が熱かったろうと、吉牟田刑事は、思った。

吉牟田刑事は、診療室を出ると、隣りの部屋で、蒼い顔をしている四人の係員に会い、事情を聞いた。

最初は、四人の口が重かったが、吉牟田刑事が、一人一人、個別に当ってみると、やっと、正直な話を聞くことができた。

吉牟田刑事が、まず最初に興味を持ったのは、被害者が、四人の部下と、診療室で一人ずつ話していることである。それについての四人の証言は次の通りだった。

水谷の証言

「案《あん》の定《じょう》、僕の貸付の仕事についてでしたよ。きっと、僕が名前を借りた人間と、係長が何気なく話していて、おかしいことに気がついたんでしょう。ええ、正直に謝《あやま》りましたよ。名前を無断借用したのは事実ですからね。でも、結局は、僕が返済するんだし、帳簿上は、きちッと合っているんだから、今度は、見逃してくれることで、係長も納得してくれたんです。だから、僕が係長を殺すはずがありませんよ。えっ、煙草ですか？　僕は、セブンスターを吸いますが、診療室で係長と話をしているときは、吸いませんでしたよ。煙草を吸って、のんびりといった内容の話じゃありませんでしたからね」

鈴木の証言

「どうしても話さなきゃいけないんですか。ええ、リベートのことですよ。きっと、医者が係長に話しちまったんだ。係長は、いきなり、笑いながら、おれは知ってるよっていいましたよ。しかし、だからといって僕が殺したなんて早とちりしないで下さいよ。あの係長も、なかなかでしてね。製薬会社から貰うリベートを、自分にも寄こせっていうんですよ。それで、三分の一ずつにすることで話がついたんです。嘘《うそ》じゃありませんよ。だから、僕には、係長を殺さなきゃならない動機がないんです。煙草ですか？　僕は、煙草は吸いませんよ。あの匂《にお》いが嫌いなんでね」

久保の証言

「マージャンの借金のこと、なぜ、刑事さんが知ってるんです？　ああ、水谷君に聞いたんですか。じゃあ仕方がない。確かに、僕は、係長に、マージャンの負けが六万円ばかりありますよ。そうです。今日、診療室で、係長に、早く払ってくれといわれました。でも、たかが、六万円ぐらいのことで、大の男が人殺しをするはずがないじゃありませんか。次の月給から、少しずつ払うことで了解ができたんです。僕は独身だから、月に一万円ぐらい払うのは、苦痛じゃありませんからね。煙草ですか。僕は、ハイライトですよ。係長と話しているときは、吸いませんでしたよ。それがどうかしたんですか？」

藤原和子の証言

「え？　わかります？　やっぱり刑事さんね。ええ。もう四カ月なんです。もちろん、診療室で話したのは、お腹の子のことです。あの人、いいえ、係長さんの方から話してきたんです。早くお腹の子を始末しろって。係長さんの腹の中は、わかってるんですよ。あたしのお腹がどんどん大きくなってくるんで、あせっているんです。あたしたちのことが噂《うわさ》になるのが怖《こわ》いんです。あの人、見栄《みえ》っぱりで、気が小さくて、表面《おもてづら》ばかり取りつくろう人なんです。あたしが、あの人のいう通りになるもんですか。ちゃんと生んで育てるつもりです。でも、このことで、係長さんが馘《くび》にでもなったら、お金が貰えないでしょう。だから、来月あたりから、病気ということで、会社を休むつもりだったんです。そして、毎月、五万円ずつ、係長さんから貰うことで話がついたんですよ。もう、愛情なんかありません。だから、きっぱりと割り切ったんです。そんなあたしが、係長さんを殺すはずがないじゃありませんか。殺すより、お金を貰った方がトクですもの。えっ？　煙草？　そんなもの一度も吸ったことありませんよ。第一、煙草って、お腹の子にいけないんでしょ」

四人の話が、果して事実かどうか、簡単には決められない。貸付のことや、リベートのことや、マージャンの借金、それに妊娠のことについて話があったことは事実だろう。問題は、四人のいうように、上手《うま》く話がついたかどうかだ。

四人とも、被害者と話し合いがついたから殺すはずがないといっているが、嘘をついている人間が一人いるわけだ。それが、四人の誰かは、推理するより仕方がない。

犯行時刻は、四人の話から、停電のあった時間と断定してよさそうだ。停電になる前に、診療室から、被害者が、「九時まで休む」といったというのは本当だろう。テープレコーダーのようなものは、診療室にはなかったからである。

この夜の停電は、八時四十三分から五十三分まで十分間で、N社ビル全体が、変電設備の故障で停電したものとわかった。

「今までのところ、わかったことは、これだけです」

と、吉牟田刑事は、上司に報告した。

「しかし、犯人の目星はつきましたよ。動機もです」

吉牟田刑事は、主任に説明した。

「まず、この事件について考えておかなければならないことが二つあります。第一は、停電が個人の作為《さくい》によるものではなかったことであり、第二は、被害者が、残業について前もって四人にはいってなかったこと、一人一人診療室に呼んで話をすることも、同じく四人は前もって知っていなかったことです。つまり、今度の犯行は、計画的なものではなく、突然の停電をとっさに、利用したものだということを考えておく必要があります。

さて、事件の前に、四人の係員は、被害者に一人一人呼ばれて、診療室で話をしました。話の内容については、各自が証言していますが、彼等の話をうのみにするのは危険です。四人の話が全て事実だとすれば、今度の殺人事件は起きなかったはずですからね。といって、目下のところ、四人の誰が嘘をついているのかわかりません。

となると、被害者と四人の一人一人の間にあった問題が、簡単に話し合いがつくものだったかどうか、被害者の性格も絡《から》み合わせて考える必要があります。

水谷から考えてみましょう。彼は貸付について不正をしていました。しかし、被害者がそれを知ったとしても、事を荒立てて、水谷を追いつめるようなことはしなかったと思います。なぜなら、被害者は、係長として許可の印を押しており、表ざたになれば、係長の彼の責任にもなってしまうからです。小心な被害者が、そんな馬鹿なことをするはずがありませんし、不正貸付も、帳簿上はきちんとしているのですから、会計監査でチェックされる恐れはありません。

次の鈴木にしても同じことがいえます。厚生係が、製薬会社からリベートを貰っていたとなれば、係長も責任を取らざるを得ませんから、鈴木自身が証言したように、リベートの割りふりで妥協《だきょう》したとみるのが妥当《だとう》と思います。

第三の久保の場合は、問題です。というのは、マージャンの借金なら、被害者がいくら強く催促したところで、係長の椅子《いす》が危うくなるということはないからです。それに、被害者は、藤原和子のことがあって、至急に金が必要だったはずです。それも、月に一万円ずつなどというのんびりした回収では、仕方がなかったと思います。堕ろさせるにしても、まとまった金が必要です。

最後の藤原和子の証言も信用できません。金で果して納得したのかどうか。たとえ、一時的に納得したとしても、妊娠中の女の心理は不安定なこともありますから、停電になったとき、突発的に被害者を殺したとも考えられます。

こう考えてくると、犯人は、久保と、藤原和子の二人にしぼられてきます。

犯人は、停電の間に、診療室に入り込みました。ベッドに寝転んでいた被害者も、突然の停電にびっくりしたに違いありません。それで、起きあがって、マッチをつけた。三本のマッチのうち、一本が根元近くまで燃えていたのは、煙草に火をつけたものではなく、明りの代りだったからです。犯人は、そこへ入って来て、血圧計で背後から殴り殺したのです。

さて、このあと、犯人は、血圧計についた指紋を丁寧に拭《ふ》き取っています。停電中のまっ暗な部屋でです。それだけじゃありません。犯人は、被害者が果して死んだかどうかの確認もする必要があったし、返り血が自分の服につかなかったかどうかを調べる必要もあったはずです。そのためには、明りが必要です。前にいいましたように、停電が計画的なものではなかったわけですから、犯人が、懐中電灯を用意していたはずがありません。となると、明りは、マッチかライターということになります。灰皿にあった三本目のマッチは、犯人がつけたとも考えられますが、一本のマッチでは、指紋を拭き取り、死亡を確認し、返り血を調べることができるとは思えません。それに、マッチを片手に持って、片手で、三つの仕事は困難です。となれば、犯人は、ライターの明りを使ったに違いありません。煙草を吸わない藤原和子が、ライターを持っていたとは考えられませんから、残る久保が、必然的に犯人と考えられます。動機は、マージャンの借金六万円です。私も経験がありますが、賭《か》けで負けたのを相手から催促されると腹が立つものです。ついでに申しあげれば、犯人は、停電が途中でなおっても、その時は、自分が死体の最初の発見者ということで、ごまかす積りだったと思います」

サヨナラ死球

1

九回表、巨人《きよじん》軍の攻撃が始まる頃から、雨が落ちてきた。内、外野の観客席に、傘の花が開き始めたが、席を立とうとする客は一人もいない。

二対二で迎えた九回である。しかも、巨人の攻撃は、四番の王《おう》からだった。中央《ちゆうおう》ベアーズの二番手投手の島田《しまだ》は、五回ツーアウトから先発した木村《きむら》をリリーフして力投していた。

島田は、去年まで、コンスタントに十勝以上を稼《かせ》ぎ、中央ベアーズのエースだったのだが、今年は、開幕早々に肘《ひじ》を痛め、以来、八月まで棒に振ってしまった。九月に入って、ようやく肘は完治したものの、すぐには一軍にあげるわけにはいかず、しばらくの間、二軍で投げる日が続いた。

一軍に復帰したのは、二週間前である。敗戦処理的な登板を二回やったあと、今日のリリーフだった。

まだ零勝だが、元エースの面目にかけて、島田は投げている。

九回表。王に四球を与えたが、監督の野々村《ののむら》は、代える気はなかった。王に続く五番シピン、六番柳田《やなぎだ》が、ともに、島田のスローカーブと、低目に決まるフォークボールにタイミングが合っていなかったからである。野々村が思った通り、シピンは、フォークを早打ちして、サードゴロ。併殺が完成して、たちまちツーアウト。柳田も、センターにフライを打ちあげてくれた。

野々村は、スコアボードの時計に眼をやった。すでに九時半を過ぎているので、延長戦はない。

後攻の中央ベアーズは、引きわけか、サヨナラである。

野々村は、高校野球のように、ナインに円陣を作らせると、

「島田に初勝利をプレゼントしようじゃないか」

と、ハッパをかけた。

巨人のマウンドは、一回から江川《えがわ》が投げ続けている。

三回表に、二本のヒットに、サード中畑《なかはた》のエラーがからんで、中央ベアーズが二点をとっていたが、それ以外は、完璧《かんぺき》に抑《おさ》え込まれて、八回までに、九三振を喫《きっ》していた。

九回裏中央ベアーズの攻撃は、打順が悪く、八番からである。

だが、野々村は、降り出した雨に期待をかけていた。力投している江川に、少しだが疲労の色が見えている。それに、雨でボールが滑《すべ》りやすくなれば、四球で出塁の可能性が出てくるからである。

八番セカンドの田中《たなか》が、百六十八センチの小柄な身体《からだ》を左バッターボックスに入れた。

一球目は、外角へのシュートボール。アンパイアが、ボールのコール。

わあッという歓声の中で、マウンドの江川が、眉《まゆ》を寄せ、首をかしげた。右腕を小さく振ってから、第二球を投げた。これは、明らかにボールとわかる高い球《たま》だった。

この時、野々村は、田中が、四球で出ると確信した。

江川は、三球目に、ストライクをとったが、野々村が思った通り、1―3から、田中を歩かせた。

雨は、いぜんとして降り続いている。カクテル光線の中で、雨足《あまあし》が白く光って見える。

江川は、しきりにロージンを使っている。明らかに、神経質になっているのだ。常識的な攻め方なら、次打者にバントさせるか、待球《たいきゅう》主義でいくかであろう。多分、巨人側も、そう思っているに違いない。

野々村は、九番のピッチャーのところで、ベテランの吉川《よしかわ》をピンチヒッターに使った。

吉川は、バントの上手《うま》い選手である。当然、巨人側は、バントでくると思うだろう。そこを、野々村は、一球目からヒットエンドランを敢行《かんこう》させた。

バクチだった。

ところが、吉川は、内角低目のカーブを引っかけてサードゴロ。

野々村は、一瞬、眼をつぶってしまった。逆に、江川や巨人側は、してやったりと思ったろう。これで、ゲッツーで、ツーアウト、走者なしになる。

だが、吉川の打った球は、サード中畑の前で、大きくイレギュラーした。あわてて捕りに行った中畑が、その球を蹴飛《けと》ばした。白球が、ファウルグラウンドに転々としている間に、田中は、サードに滑り込んだ。

一瞬のうちに、地獄が天国になった感じだった。ツーアウト、走者なしになるところが、ノーアウトで、一塁、三塁である。

巨人側は、当然のように、当っている一番堀越《ほりこし》を敬遠して、満塁策をとった。

堀越が、ファーストに向って歩いているとき、もう、巨人軍のダッグアウトから、監督の長島《ながしま》が、飛び出して来た。

球審に向って、左手で投げる真似《まね》をしている。ピッチャー交代のゼスチュアだ。江川に代って、左の新浦《にうら》ということだろう。

野々村は、迷った。

二番の左打者大須賀《おおすが》は、今日、江川に対して二安打と打っているが、左ピッチャーに弱い。特に新浦には今までノーヒットだ。

野々村は、ダッグアウトを見廻《みまわ》した。その眼が、小沢《おざわ》のところで止まった。

「小沢、行くぞ!」

と、野々村は、大声でいった。

2

小沢は三十七歳で、過去に首位打者に二度なったベテラン外野手だった。

本来なら、ベアーズの三番あたりを打っていなければならないのだが、昨年から急に肩が弱くなり、レギュラーとして使えなくなってしまった。それでも、野々村は、小沢を先発に使い、後半のイニングを、守備のいい若手の入江《いりえ》に交代させる方法をとろうとした。それが、ベストナインに二度選ばれた小沢に対する礼儀でもあるし、チームには、やはり、小沢の打棒が必要だと思ったからであった。

しかし、小沢は、打撃でも極度の不振に落ち込んでしまった。四月二割六厘《りん》、五月に入っても、二割そこそこから上昇しないのである。六月に入ると、とうとう二割を切ってしまった。

野々村も、一割台の小沢を先発に使うわけにいかず、後半は、ベンチを温めることになった。逆に、入江の方は、打撃にも才能を見せ始めて、三割近くを打ち続けて、完全に、レギュラーの位置を占《し》めてしまった。

こうなると、小沢は、代打にしか使えなくなったが、ピンチヒッターでも、かんばしい成績をあげることが出来なかった。

何よりもいけないのは、見送りの三振が多いことだった。これでは、何のために代打に使ったのかわからないし、チームの士気にも影響する。

野々村には、打撃の職人とまでいわれ、シュート打ちの名人と呼ばれた小沢が、なぜ、急に、これほど打てなくなってしまったのかわからなかった。

三十七歳なら、まだ働けるはずだとも思うし、もうひと花咲かせてやりたい気持が、野々村にはあった。

今日、大事な場面で、小沢を起用したのも、そんな気持があったからだった。

バッターボックスに向う小沢を、野々村は呼び止め、その肩を抱くようにして、

「新浦は、今でこそエースだが、お前さんから見たら、まだ、ひよっ子みたいなもんだ。ひと睨《にら》みしたら、縮みあがっちまうさ」

と、いった。

だが、小沢は、蒼《あお》い顔をしている。こんなベテランでも、打てなくなると、かたくなってしまうのだろう。

野々村は、わざと、ニヤッと笑った。

「別にホームランを打たなくたっていいんだ。身体にボールが当ったって、サヨナラだからな。気楽に頼むよ」

ポンと、小沢の肩を叩《たた》いた。

小沢が、バットを持って、右バッターボックスに入った。

球場には、四万を越す観客が入り、その上、ここは、中央ベアーズの本拠地である。それなのに、パラパラの拍手しか起きなかった。

マウンド上の新浦は、自信満々の表情で、小沢を迎えた。

それが当然かも知れない。レギュラーとしての打率が二割を切り、代打専門になってからは、もっと悪く、十一打数でヒットわずかに一本である。

過去に、首位打者二回といっても、この世界では、何の足しにもならない。現在の力だけが、物を言う世界なのだ。

新浦が、セットポジションから第一球を投げた。

ゆるく、落差の大きなカーブだ。小沢が打った。が、彼のバットは、空《むな》しく空を切った。ボールとバットは、二十センチ近くもあいている。

球場全体に、失望の溜息《ためいき》がひろがる。「バッター、よく見ろよ!」の野次が飛ぶ。

(次は速い球が来るな)

と、野々村は、思った。

ベテランの小沢も、同じように読んで、構えているに違いない。昔から、ヤマをかけるのが上手い小沢だった。

野々村の予想どおり、二球目は、時速百四十キロの速球が、プレートをよぎった。内角高目の快速球だ。

だが、小沢は、ぼうぜんと見送って、ツーナッシング。

(なぜ、振らないんだ!)

野々村は、胸の中で舌打ちをした。

昔の小沢なら、苦もなくセンター前にはじき返していたはずだ。それなのに、なぜ、バットを振らないんだ？

（おれは、お前さんを信頼して、ピンチヒッターに使ったんだ。転がすだけでも転がしてくれよ）

野々村は、祈るように、バッターボックスの小沢を見つめた。

巨人の内野は、ファーストの王をのぞいていずれも若い。サード中畑、セカンド平《ひら》田《た》、ショート河《こう》埜《の》、調子にのればファインプレイもやるが、同時に、いつエラーをやるかわからぬ脆《もろ》さもある。転がして、向うの内野がエラーしてくれれば、それで、この試合は勝ちなのだ。

しかし、見送りの三振では、どうしようもないじゃないか。

カクテル光線の中の小沢の顔が、いやに蒼白《あおじろ》く見える。

野々村は、リラックスしろというように、ダッグアウトの中で、肩をゆすって見せたが、小沢は、こちらを見ていなかった。

三球目が投げられた。スピードボールが、小沢の内角高目に食い込んできた。

悲劇が起きたのは、その直後だった。

3

がちんと音がして、百四十五キロの快速球が、小沢の側頭部に命中した。

ヘルメットが宙に飛び、小沢は、ばったりと、その場に倒れた。

アンパイアが、すかさず、「デッドボール」とコールし、一塁を指さした。三塁にいた田中が、手を叩きながら、ホームを踏んだ。これで、中央ベアーズのサヨナラ勝ちである。

アンパイアが、「ゲームセット」と、手をあげた。

捕手の山倉《やまくら》が、アンパイアの久保木《くぼき》に向って、猛然と抗議を始めた。ボールは、ストライクゾーンを通過しているから、デッドボールではないという抗議だった。

新浦も、マウンドから五、六歩おりて来て、両手を腰に当てて、アンパイアを見つめている。

長島も、抗議のために、ベンチを飛び出した。

フィールドに散っている巨人の選手たちは、山倉の抗議を見て、守備位置にとどまったままである。

長島が、甲高《かんだか》い声で、主審の久保木に抗議を始めた。バッターのフォームをし、身体を乗り出すような動作を、何回もしているところをみると、小沢の身体が、前にのめったので、ストライクゾーンに来たボールが頭に当ったと抗議しているのだろう。

だが、長島の声も、山倉の抗議も、ふいに止まってしまった。

まるで、時間が止まってしまったみたいに、ホームプレート周辺にいた人たちが、声を呑《の》み、立ちすくんでしまった。

だが、本当に時間が消えてしまったのは、ホームプレートに倒れたまま動かない小沢だった。

担架《たんか》が持ち出されて来て、小沢のぐんにゃりした身体をのせた。

野々村は、担架をのぞき込み、三塁のベースコーチをしていた平山《ひらやま》に、

「どうなんだ?」

と、きいた。

「わかりません。とにかく、病院へ運ばないと」

平山が、沈痛な顔でいった。考えてみれば、走塁コーチの平山は、小沢と同じ年にプロ野球に入っているのだ。

小沢が、担架のまま、グラウンドの外に運び出されると、長島は、再び、主審に向

って抗議を始めた。

今度は、自分で右バッターボックスに入り、小沢のフォームを真似ての熱演だった。

山倉は、ミットを構えて、久保木に、ここへ来るボールだった、高さは高いが、ボールは、プレート上を通過していたと主張している。

「ねえ。久保木さん。だから、ワンアウトで試合再開なんだ」

長島が、甲高い声でいう。

ぶつけた新浦は、サードの中畑を相手に、キャッチボールをしている。

巨人の抗議は執拗《しつよう》だった。無理もない。ここに来ての一敗は、致命傷だからだ。優勝どころか、Aクラス確保も危うくなる。

野々村は、各塁を埋めていた走者を、引き揚《あ》げさせ、ベンチで、いぜんとして続けている巨人軍の抗議を見つめていた。

一度帰りかけた観客も、また座り直して、じっと見守っている。

「監督」

と、ヘッドコーチの片岡《かたおか》が、小声で、野々村を呼んだ。

「病院から電話が入りました。小沢は、死んだそうです」

主審の久保木は、デッドボールの判定を変えなかった。

長島は、連盟に提訴することを条件に、引き退《さが》った。

もし、小沢が死ななかったら、長島も、巨人軍も、簡単には引き退らなかったろう。それに、翌日のスポーツ新聞は、デッドボールか、あるいはストライクアウトかについて、五分五分《ごぶごぶ》の見方をしたに違いない。

だが、小沢が死んでしまったために、ほとんどのスポーツ新聞は、デッドボールと断じた。まるで、ストライクアウトと判断することは、死者に対する冒瀆《ぼうとく》と考えているような書き方であった。

巨人軍の広報紙といわれるH紙でさえ、小沢の死を、不幸な出来事として哀悼《あいとう》の文字を並べたあと、遠慮勝ちに「ボールが、ストライクゾーンを通過していた可能性がある」と、付け加えただけだった。

中央ベアーズにとって、小沢の死によって勝ち取ったこの一勝は、貴重なものだった。

4

なぜなら、これで、ベアーズは五位が確定し、不名誉な最下位をまぬがれたからである。

翌日は、午後から、また雨になった。今度は、台風の前ぶれの強い雨である。

午後三時には、ゲーム中止が決定した。

野々村は、その雨の中を、コーチの平山と、小沢の家を弔問《ちょうもん》した。

小沢には、七歳年下の裕子《ゆうこ》という奥さんがいる。子供を欲《ほ》しがっていたが、恵まれなかった。

色白な裕子の姿が、野々村の涙を誘った。

野々村が、唯一《ゆいいつ》のなぐさめだと思ったのは、小沢が、全盛期の頃、無理をして、大きな家を家族のために購入しておいたことだった。敷地三百坪、建坪百坪近いこの家は、今買えば、二億円はするだろう。それに、球団からは、弔慰金《ちょういきん》も出るだろうから、未亡人も、しばらくは、生活には困るまい。

小沢家には、巨人軍から監督の長島や、球団代表も遅くなって弔問に来ている。

野々村が、

「新浦君は、どうしている？」

と、きくと、長島は、

「彼は人一倍ナーバスだからね。参っているようだよ。監督のボクもだがね」

と、いったあと、

「しかし、あのボールは、ホームプレート上を通過していたよ。死んだ小沢君には申しわけないが、ストライクアウトだったんだ」

「君が、そういいたいのはわかるが――」

「ボクは、事実をいってるんだよ。これは、小沢君が死んだこととは別の問題なんだ」

と、強い声でいった。

(頑固《がんこ》な男だな)

と、野々村が、長島の後姿を見送っていると、コーチの平山が、近づいて来て、

「長島さんと何を話していたんですか?」

「あのボールのことさ。彼は、絶対に、デッドボールじゃなくて、ストライクアウトだったといっている」

「まだ、そんなことをいってるんですか」

「巨人軍の監督としたら、当然だろう」

「しかし、小沢は死んだんですよ。ボールを頭にぶつけられて」

平山は、むっとした顔でいった。

「ああ。だが、彼が死んだことと、あれが、デッドボールか、ストライクかということとは、別の問題だからね」

野々村が、いってから苦笑したのは、長島と同じことを口にしていることに、途中で気がついたからだった。

「まさか、監督まで、あれがストライクだったなんていうんじゃないでしょうね？」

平山が、声をとがらせた。

野々村は、そんな平山を冷静に見て、

「君は、小沢と同じ年だったな？」

「そうです。同じ三十七歳です」

「若い時に比《くら》べて、反射神経が鈍《にぶ》くなったと思うかね？」

「そりゃあ、少しは鈍くなったと思いますが」

「ちょっとこっちを向いてくれないか」

「え？」

平山は、びっくりした顔を、野々村に向けた。野々村は、その顔に向けて、いきなり、右ストレートを突き出した。

平山が、とっさに避けた。

野々村は笑って、

「どうして、どうして、まだ、反射神経は、鈍ってないじゃないか」

「そりゃあ、これでも、毎日鍛《きた》えていますから」

「君は、小沢が、二度目の首位打者になった時のことを覚えているかね？」

「彼が三十二歳の時でしょう。五年前のことですよ」

「あの頃、小沢が、何と呼ばれていたか知っているかね？」

「よく覚えていますよ。シュート打ちの名人です」

「もう一つ、デッドボールをよける名人だ。どんなに打ち気になっていても、彼は、とっさに、よけることが出来た。だから、あの頃、ピッチャーが、盛んに、のけぞらせようとして、内角に投げて来ても、年間、デッドボールを受けたのは、一つか二つしかなかったはずだ。それなのに、昨日は、どうして、よけられなかったんだろう？」

「彼は三十七歳だし、それに、打ち気になっていたからでしょう」

「これから、一緒に、テレビ局に行ってくれないか」

「どうなさるんです？」

「小沢にボールが当った時のビデオを見せてもらうんだよ。あの時には、テレビ中継はもう終ってしまっていたが、夜のプロ野球ニュースの放送のために、ビデオ撮《ど》りだけはしてあるはずだ」

「しかし、監督、主審は、デッドボールを宣告したんです。うちが三対二で勝ち、ジャイアンツは負けたんです。今さら、調べ直したって仕方がないでしょう？　小沢が生きかえるわけじゃないし――」

「おれはね、小沢をバッターボックスに送り出す時、デッドボールでもサヨナラ勝ちだといった。おれは、彼をリラックスさせようとしていったんだが、成績のかんばしくなかった小沢は、本当に、身体をぶつけてと思い込んでしまったのかも知れない。そうだとしたら、小沢を殺したのは、おれだということになる」

「そんなことはありませんよ」

「違うかどうかを、おれは知りたいんだ。君がいやなら、おれ一人で、テレビ局に行ってくる」

「私も行きますよ」

5

二人は、テレビ局へ足を運んだ。

野々村が予想した通り、ジャイアンツ対ベアーズ戦は、深夜のプロ野球ニュースに報道するため、ビデオ撮りがしてあった。

決勝点の入ったデッドボールの瞬間も、きちんと撮ってあった。

野々村は、平山と一緒に、テレビ局の一室で、そのビデオを見せてもらった。

カメラは、センター方向と、バックネットの方向と、二つの方向から回されていた。

まずセンター方向からのカメラが、ピッチャー新浦の投球動作を映し出す。

野々村は、バッターボックスの小沢を、じっと見つめた。

小沢の身体が、小きざみにゆれている。

カウントは、ツーナッシング。問題の三球目が投げられた。

内角高目の速球だ。

とたんに、小沢の身体が、ぐらりと前のめりになった。

ボールを迎えにいったようにも見える。

そして、速球が、小沢のヘルメットを直撃する。

ヘルメットが飛び、小沢の身体が、ばったりとホームベースの上に倒れる。

デッドボールをコールする主審。三塁から、手を叩いて生還する走者の田中。

猛然と抗議するキャッチャーの山倉。

次には、バックネット方向から撮ったビデオが、スローモーションで映された。

セットポジションから投げられたボールが、スライダー気味に、小沢の内角に食い込んでいく。

小沢の身体が、前のめりになる。

そしてヘルメットに命中。

ヘルメットが、宙に舞いあがり、小沢の身体が、ゆっくり倒れていく。

「どう思うね？」

と、野々村は、見終ってから、平山にきいた。

「どうって、明らかに、デッドボールですよ。主審だって、デッドボールを宣告してるじゃありませんか」

平山は、断定した。

「小沢は、小きざみに身体をふるわせていた」

「ええ」

「彼には、あんな癖《くせ》があったかね？」

「ありませんが、昨日は、タイミングをとるために、身体をゆすっていたんだと思いますね。最近、当りが止まっているんで、彼なりに工夫《くふう》したんでしょう。身体を小きざみにゆすって、タイミングをとる選手は、いくらでもいますよ」

「もう一つ。小沢は、まるで、自分からボールにぶつかっていったみたいに見えるがね。冷静に見て、彼がぶつかった場所は、ホームプレートの上のような気がするんだが」

「身体が前のめりになったのは、新浦の外角球を予感して、ボールを打ちにいったのが、逆に、内角へ来たんで、よけ切れなかったと、私は見ましたが」

「しかし、小沢は、全くよける動作をしていないように見えたがね」

「監督は、あれがデッドボールじゃなくて、ストライクだったというんですか？　それじゃあ、死んだ小沢が浮ばれませんよ。違いますか？　彼は、自分を犠牲にして、中央ベアーズのサヨナラ勝ちをもたらしたんですからねえ」

「おれは、事実を知りたいだけなんだ」

「事実は、彼のデッドボールで、サヨナラ勝ち。それだけですよ」

「冷静になれよ」

「冷静ですよ」

「それなら、今見たビデオを、しっかり思い出すんだ。小沢は、王《ワン》ちゃんほどじゃないが、打つ時に、軽く左足をあげる。あげた左足を引きつけるようにしてから、次に、大きく踏み出して、ボールを叩く。これは、十何年間変らない小沢の打撃フォームだ。もちろん、君だってよく知っているはずだ。今のビデオで、小沢は、いつもの打撃フォームをとっていたかね？　左足は、全くあげていなかったし、左足を踏み出しもしなかった。おれの眼には、そう見えたがね」

6

翌日も、雨で、ゲームは中止された。

台風が、東海地方に上陸したのだ。

野々村は、突然、球団社長の大川《おおかわ》に呼ばれて、強風と豪雨の中を、球団事務所に出かけて行った。

大川は、検事あがりの大男である。野々村に、椅子をすすめてから、

「君は、昨日、テレビ局へ行って、ジャイアンツ戦のビデオを繰り返し見たそうだね？」

と、いきなり切り出して来た。

「なぜ、ご存じなんですか？」

「わたしにだって、耳はあるよ。自然に耳に入ってくるんだ」

「平山君が報告したわけですね」

と、野々村は、苦笑した。

「そんなことは、どうでもいい」と、大川は、そっけなくいった。

「わたしには、君の気持がわからん。だから、それを知りたくて、来てもらったんだがね」

「といいますと？」

「君は、中央ベアーズの監督だ」

「そうです」

「監督の任務は、チームを勝たせることだ」

「その通りです」

「一昨日《おととい》の巨人戦は、うちのサヨナラ勝ちだった。小沢君の死という不幸な出来事はあったが、勝ったことに変りはない。それなのに、なぜ、君は、要《い》らんことをするのかね？　君は、あのデッドボールは間違いで、巨人側の主張することが正しいとでも思っているのかね？」

「私は、ただ、事実が知りたいだけです。小沢の動きは、どうも不自然に見えたので、なぜなのか、それを知りたいのです」

「君はどうも、わたしのいっている意味が、よくわかっていないようだね」

大川は、眉《まゆ》を寄せて、野々村を見つめた。

「わかっていると思っていますが――」

「いや、よくわかっていないんだ。うちは、中央新聞が持っているチームだよ、君。新聞社同士の激烈な販売競争のことは、君だって知っているだろう。いいかね。中央新聞の重役たちは、うちのチームが、他に負けてもいいが、巨人軍にだけは負けるなといっているんだ。販売店だって、うちが巨人に勝てば、大いに喜んでくれる。特に、この間のような勝ち方なら、なおさらだよ。サヨナラ勝ちの上に、小沢君が死んで、悲愴《ひそう》感も、漂《ただよ》っているからね。翌朝の中央スポーツは、いつもの二十パーセント増しの販売部数があったと、喜んでいるんだ。それなのに、君は、あれは間違っていたというのかね？　そんなことを証明するために、歩き廻《まわ》っているのかね？」

「今もいいましたが、私は、事実が知りたいだけです」

「事実は、ここにあるよ」

大川は、テーブルの上にのっていた中央スポーツを、野々村の前に放ってよこした。

あのゲームの翌日の中央スポーツだった。

〈巨人の息の根とめたデッドボール〉

〈見たか中央ベアーズの体当り野球〉

〈新浦真っ青、巨人がたがた〉

そんな刺戟《しげき》的な活字が、紙面一杯に躍《おど》っている。

「そこに書いてあることが、事実なんだ。それを、少しでも変えちゃいかん。もし、君が、私のいうことが聞けんというのなら、辞めてもらうより仕方がない」

「そして、平山君が、次期監督というわけですか？」

「平山君は、少くとも、君より物わかりのいい男だ」

「わかりました」

「どうわかったのかね？」

「しばらく考えさせていただきたいと思います」

と、野々村は、堅《かた》い表情でいった。

野々村は、部屋を出た。

一昨日の勝利で、最下位脱出の目星がついたといっても、チームの不成績に変りはない。

野々村は、シーズンが終り次第、その責任をとって、辞表を提出するつもりだったから、大川の脅《おど》しは、別に怖いとは感じなかった。

むしろ、いっそう、小沢の死んだ理由を知りたいと思った。

小沢は、運動神経の鋭い男だった。反射神経が鋭いといった方がいいかも知れない。そんな男が、なぜ、デッドボールを食って死んだのか、野々村には、不思議で仕方がないのだ。

新浦のあのボールは、確かにスピードがあった。しかし、いわゆるブラッシングボールのように、打者の頭を狙ってなげたものではない。

小沢の内角高目に食い込んでくるスピードボールといっても、ストライクゾーンすれすれに入って来ている。だからこそ、捕手の山倉も、猛然と抗議したのだろう。そんなボールに、なぜ、小沢は当ったのだろうか？

バッターボックスで、小沢が、小きざみに身体をゆすっていた理由も、野々村には、不審だった。平山は、ああやって、タイミングをとっていたのだろうといったが、野々村は、その言葉を信じていない。そんなことで、タイミングがとれるとは思えないからだ。

さらにいえば、あれほど、コンスタントに打ち続けていた小沢が、去年の終りから今年に入って、なぜ、突然、大スランプにおち込んでしまったのかも、野々村には、不思議だった。

三十七歳という年齢からくる体力の衰《おとろ》えはあったろう。

どんな偉大な打者でも、年齢からくる衰えは、避けようがない。しかも、それが、三十七、八歳でくることも、野々村は知っている。あの長島でさえ、引退せざるを得なかったのだし、王や張本《はりもと》も、年齢と戦っている。

しかし、打者の場合は、投手とは違う。投手の場合、前年まで十七、八勝していたのに、肩をこわして、一勝も出来なくなることがある。だが、打者の場合、三割をコンスタントに打っていた者は、いくら落ちても、二割七、八分は打てるものだ。

ところが、小沢は、突然、二割も打てなくなってしまったのだ。

その理由も、野々村は、知りたかった。

7

野々村は、小沢が救急車で運ばれた総合病院に、小沢を診察した君原《きみはら》医師を訪ねた。

「小沢さんが、うちへ運ばれて来たときは、すでに死亡していました」

と、君原は、野々村にいった。

「死因は、何でした？」

野々村がきくと、君原は、「死因？」と、びっくりした顔で、きき返して、

「もちろん、デッドボールによる脳挫傷《のうざしよう》ですよ。四センチ近く、陥没《かんぼつ》していましたからね」

「遺体は、まだここにありますか？」

「ええ。間もなく、遺族の方が、引き取りに見えますが」

「解剖《かいぼう》はしないのですか？」

「遺族から要求があれば、解剖しますが、それをしなくても、死亡診断書を書ける状況ですし、未亡人の方から、一刻も早く、引き取りたいという電話がありましたものですからね」

「先生は、脳外科が専門ですか？」

「ええ」

「死んだ小沢君ですが、バッターボックスで、小きざみに身体をゆすっていました。ゆすっていたというより、小きざみに身体をふるわせていたといった方がいいかも知れません。そして、ボールが来た瞬間、前のめりになって、ぶつかってしまったんです。私には、打とうとして、身体をのり出したというようには見えないのですよ。普段、反射神経の人一倍鋭い男だったのに、全く、ボールをよけようという気配も見せませんでしたしね」

「つまり、何か身体に障害があって、そのための事故ではなかったかというわけですか？」

「そうです」

「小沢さんは、監督のあなたに、それらしいことを話していたわけですか？　頭痛がするとか、身体がふるえるとかいった——」

「いや。何もいっていなかったし、コーチからも聞いていません。聞いていれば、大事な場面で、ピンチヒッターに使ったりはしませんよ」

「それなら、何もなかったんじゃありませんか？」

「しかし、小沢君は、選手として、剣《けん》が峰《みね》に立たされていましたからね。どこか身体が悪くても、それを隠してプレイしていたに違いないんです。といって、見てすぐにわかるような外面上の傷はありませんでしたから内臓が悪くなっていたか、あるいは――」

「脳に障害があったかということですか？」

「そうです。それを調べていただきたいと思うんです」

「どうしても、必要なんですか？　遺族は、別に、求めていらっしゃらないようですが」

「必要です」

「なぜです？　球団が希望しているのですか？」

「監督としての私の希望です。小沢君のような優秀な選手が、あれほど簡単に、デッドボールを受けたことが納得できないのです」

「ちょっと待って下さい」

と、君原は、いってから、

「小きざみに身体がふるえていたといいましたね？」

「そうです」

「小沢さんは、いつもは、そんな動作はしないわけですか？」

「全くしたことはありません。バッターボックスで、不動の姿勢をとるというのが、彼の信念でしたからね」

「わかりました。ひょっとすると、小沢さんは、脳に障害があったのかも知れませんね。脳を切開してみましょう」

と、君原は、いってくれた。

8

人気《ひとけ》のない待合室で、野々村が、結果を待っている時、喪服姿の小沢裕子が姿を見せた。

裕子は、そこに、監督の野々村がいたことに、ちょっとびっくりした顔になった。

「主人の遺体を引き取りに来たんですけど、何かあったんでしょうか？　少し待ってくれといわれたんですが」

と、裕子は、野々村にきいた。

野々村は、その質問に答える代りに、

「小沢君は、身体の調子がおかしいと訴えていたことはありませんか？」

と、逆にきき返した。

「いいえ。主人は、何もいっておりませんでした。もともと、口数の少い方でしたけど」

裕子は、そう答えて、急に黙り込んでしまった。

野々村は、廊下に出た。まだ、風雨が激しいと見えて、窓ガラスが音を立てている。

あのデッドボールは、死んだ小沢の方に原因があったとなったら、どうなるのだろう、と、野々村は考えた。

球団は、事実が明らかになったと、喜びはしまい。球団社長の大川は、余計なことをしたと、苦虫をかみ潰《つぶ》すことだろう。チームの仲間たちだって、多分、野々村の行動を、余計なことと考えるだろう。

（やはり、辞表を出すことになりそうだな）

と、野々村が考えた時、白衣を着たままで、君原医師が、姿を見せた。

君原は、野々村と、裕子を前に置いて、

「やはり、あなたの推測どおりでしたよ」

と、野々村にいった。

「何のことですの？」

と、裕子がきく。

君原は、額《ひたい》に浮んでいた汗を、手の甲で拭《ぬぐ》ってから、

「小沢さんの脳を切開して調べてみたのです」

「なぜ、そんなことを？」

「監督さんのお話で、ひょっとすると、小沢さんは、脳に障害があったのではないかと思えたからです」

「それで、やはり、障害があったわけですね？」

野々村がきくと、君原は、肯《うなず》いて、

「脳に腫瘍《しゅよう》が出来ていました」

「腫瘍ですか？」

「そうです。恐らく、小沢さんは、そのために、時々、激しい頭痛に襲われたり、け

いれんを起こしたりしていたと思われます」

「失神状態になるというようなことは？」

「一時的に、そんな状態になることはあったと思いますね。いわゆる立ちくらみの状態ですが」

と、君原がいう。

（すると、あの時、小沢は、バッターボックスの中で、腫瘍から来るけいれんと、一時的な失神状態に落ち込んだのではあるまいか）

と、野々村は思った。

小沢が、バッターボックスで、小きざみに身体をふるわせていたのは、そのためであり、ホームプレートに倒れ込むような恰好《かっこう》になったのは、外角球を迎えにいったのではなく、失神状態になって、倒れかかったのではなかったのか？

「わからないことが一つあるんですが」

と、君原がいった。

「どんなことですか？」

野々村が、きいた。

「あれだけの腫瘍があると、小沢さんは、時々耐えがたいような頭痛に襲われていたと思うんですが、それに、気付かれなかったんですか?」

「うかつかも知れないが、私は、気がつきませんでしたね。成績が、急に落ちてきたのを、おかしいとは思っていましたが」

「奥さんは、いかがですか?」

君原は、裕子を見た。

「時々、頭痛がするとは、申しておりましたけど――」

裕子は、小さい声でいった。

「それだけですか?」

「といいますと?」

「ご主人は、鎮痛剤を常用していたんじゃありませんか?」

「主人が勝手に飲んでいたかも知れませんが、私は、知りませんでした」

と、裕子は、首をふった。

その答えに、野々村は、ふと、疑問を感じた。

プロ野球の選手は、当然のことながら、身体が資本である。だから、どの球団でも、選手が結婚している場合は、奥さんに、ご主人の健康管理に万全を期して欲しいとお願いすることになっている。中央ベアーズでも、シーズン・オフの時から、野々村が、各家庭に、それをお願いすることにしていた。

それなのに、裕子は、なぜ、小沢の健康について、無関心だったのだろうか？　そ
れとも、無関心だったように見せているのだろうか？

「ちょっと、来てくれませんか」

と、君原医師は、野々村だけ、廊下の隅に連れて行った。

「どうしたんです？」

野々村が、待合室に残してきた裕子のことを気にして、きくと、君原は、声をひそ
めて、

「彼女は、なぜ、知らなかったなどというんでしょうかね？」

「鎮痛剤のことですか？」

「そうです」

「小沢君が、奥さんに心配かけまいとして、黙っていたのかも知れません。ただ、奥
さんが、全く知らなかったというのは、私も、肯けなかったんですが」

「正直に申しあげましょうか」

「ええ。話して下さい」

「脳の切開手術をしたときに気がついたんですが、小沢さんの皮膚に、赤い、小さな

斑点《はんてん》が出ているんです」

「何ですか？　それは」

「明らかに、毒物反応です」

「毒物反応？」

「そうです。今のところ、何の毒物かはわかりませんが、脳の腫瘍と関係があるのではないかと思うのですよ。小沢さんが、自殺したということは、考えられますか？」

と、君原がきいた。

「いや。考えられませんね。特に、あんな場面ではね」

「すると、自分で毒を飲んだ可能性はないわけですね。となると、二つの場合しか考えられませんね。小沢さんは、鎮痛剤を飲んでいたに違いありませんから、それと間違えて、毒物を飲んでしまったか、あるいは――」

「奥さんが飲ませたかというのですか？」

野々村は、ききながら、顔色が変っていた。

君原は、あくまで冷静に、

「そうです」

「しかし、小沢君が死んだのは、球場ですよ。六時半に試合開始だが、選手は、三時半には、球場に来ています。私が、彼をピンチヒッターに起用したのは、九回裏で、九時半を過ぎていたんです。三時半から六時間もたっているんですよ。奥さんが、毒を飲ませたとすれば、さらに、その前でしょう。いくら、遅効性《ちこう》の毒だとしても、六時間も、七時間もたってから作用するというのは、あり得ないでしょう」

「確かに、その通りですが、小沢さんが、毒物を飲んだことは間違いないのです」

「すると、バッターボックスで、身体をふるわせたり、倒れかかったりしたのは、脳の腫瘍のためなんですか？　それとも、毒物のためなんですか？」

「もし、毒物のためだったら、その場にしゃがみ込んで、のたうち回ったろうと思いますね。しかし、小沢さんの場合は、身体が、ホームプレートに向って倒れていき、まるで、打ちにいって、デッドボールを受けて倒れたように見えたといいましたね。とすると、脳の腫瘍のために、一瞬眼が見えなくなり、失神状態になったのだと思います」

「すると、誰かが、小沢君を殺そうとして毒物を飲ませたのは、無駄なことをしたということですね。何もしなくても、彼は、バッターボックス内で、脳腫瘍のために、立ちくらみ状態になり、新浦のスピードボールを頭に受けて死亡していたということですね？」

「その通りです」

（もっとも、あの場面で、おれが小沢をピンチヒッターに起用することがわかっていれば、犯人は、毒を飲ませたりはしなかったろうが）

と、野々村は考えてから、あのゲームの時、ピンチヒッターに起用された小沢が、野々村に背を向けて、水を飲んでいたのを思いだした。

（あの時、毒物を飲んだのではなかったろうか。カプセル入りなら、時間が、ぴったり一致するが）

「警察へ連絡した方がいいですね」

と、君原はいい、待合室の方へ眼をやった。野々村も、待合室を見た。

9

警察が来て、裕子は、あっさり自供した。

去年の暮あたりから、急に、小沢が、当り散らすようになった。今年になると、それは、ますます激しくなった。成績がかんばしくないせいだろうと思い、じっと我慢していたが、いっこうに、おさまる気配がない。殴《なぐ》られて、二、三日、寝込んでしまったこともあった。

小沢は、その頃から、頭痛がするといって、カプセル入りの鎮痛剤を常用するようになった。カプセル入りにしたのは、その方が、長く作用すると考えたかららしい。

小沢のヒステリックな態度に我慢しきれなくなった裕子は、手に入れた毒物で、夫を殺すことを考えた。

小沢が常用している鎮痛剤のカプセルに、毒物を入れておいた。

小沢は、出がけに鎮痛剤を飲んでから、車で、球場に向う。カプセルは、その途中で、溶け、作用すれば、交通事故に見せかけられるのではないかと、裕子は考えた。

しかし、あの日、小沢は、なぜか、鎮痛剤を飲まずに球場に出かけ、ピンチヒッターに起用された時、彼は、それを飲んで、バッターボックスに向った。構えている時に、頭痛が起きるのが怖かったからだろう。

だが、鎮痛剤ではどうにもならないような、けいれんと、失神が起きたのだ。

裕子は、逮捕され、巨人対中央ベアーズの試合は、巨人側の提訴が認められ、サヨナラ試合が、引き分けに訂正された。

野々村は、球団事務所に辞表を出した。

トレードは死

1

ピッチングコーチの田島《たじま》は、秋季練習も終って、完全なシーズン・オフになったのを機会に、久しぶりに郷里の青森《あおもり》に帰っていたが、監督の久保寺《くぼでら》に電話で呼び戻された。

とにかく、すぐ帰って来いというだけで、用件はいわなかった。わかったのは、大事で、秘密を要することらしいということだけである。

田島の所属する東京《とうきょう》センチュリーズは、今年、終始下位を低迷し、最下位はまぬがれたものの第五位でシーズンを終了した。

理由は、投手陣の貧弱さにあった。

シーズン前にも、その危険は、指摘されていた。

先発完投できる投手の絶対数が足りなかったし、抑《おさ》えの切札もいなかった。

悪いことに、シーズンに入ったとたんに、去年十六勝して、センチュリーズの中ではエース格の川西《かわにし》が、右肘《ひじ》を痛めて、一勝も出来なかった。

最悪の事態だったが、投手陣の崩壊を救ったのは、社会人《ノンプロ》から入った二十六歳のルーキー高松《たかまつ》が十五勝をあげ、高校出で三年目の中原《なかはら》が、後半から活躍して八勝してくれたためである。

川西は、すでに三十三歳。故障が治ったとしても、来シーズンは、せいぜい十勝止まりであろう。

それを考えれば、来季に備《そな》えての補強は、ピッチャー、それも、先発完投が可能なエース級のピッチャーと、リリーフ・ピッチャーに絞《しぼ》られた。

十一月二十七日のドラフト会議にも、その方針でのぞんだのだが、出席した球団社長の佐藤《さとう》も、監督の久保寺も、揃《そろ》ってクジ運が悪く、狙《ねら》いをつけていた即戦力の日本《にほん》鋼管《こうかん》の木田《きだ》は、日本ハムにさらわれ、新日鉄室蘭《しんにってつむろらん》の竹本《たけもと》も、ロッテに交渉権をとられてしまった。仕方なく、高校出のピッチャーばかり四人を指名。だが、どうみても、来シーズンには間に合わない陣容だった。

田島は、帰京して、球団事務所に行くと、監督の久保寺は、社長室にいた。

社長の佐藤は、久保寺と額を突き合わせるようにして、ひそひそ話をしていたが、田島の顔を見ると、手招きして、自分の横に座らせた。

「ブルーソックスの梶川《かじかわ》をどう思うね？」

と、佐藤が、きいた。

「梶川って、あのエースの梶川ですか？」

「他に、梶川がいるかね？」

「彼なら、全日本にも選ばれるでしょうね。今年は九勝でしたが、その前三年間、続けて二十勝以上しているんですから。彼が、どうかしたんですか？」

田島がきくと、佐藤に代って、監督の久保寺が、

「梶川が、ブルーソックスを出たがっているというんだ」

「本当ですか？」

「本当らしい」

「しかし、梶川は、ブルーソックス生抜《はえぬ》きの選手ですよ。それに、三千万近い年俸を貰《もら》ってるんじゃありませんか？」

「年俸は、二千七百万だ」

と、佐藤がいった。

「入団六年目で二千七百万なら悪くないでしょう。それに、ブルーソックスでは、エースとして扱っている。それなのに、なぜ、出たがっているんでしょうね？」

「いろいろと、噂《うわさ》があるんだ」と、久保寺がいった。

「ブルーソックスは、今年、監督が代った。梶川は、新しい小林《こばやし》監督と意見が合わな

いという話もある。三年連続二十勝以上していたのに、今年九勝しか出来なかったのは、そのためだという人もいる」

「出たがっているというのは、誰から出た情報なんですか？」

「ラジオの解説をやっている矢代《やしろ》だよ」

と、久保寺がいった。

矢代は、元、ブルーソックスの投手で、一昨年《おととし》現役を引退して、ラジオ日本《にっぽん》の野球解説をやっている男だった。

「矢代ですか」

「君は、二年間、ブルーソックスで、ピッチングコーチをしていたんだから、矢代も、梶川も知っているんじゃないか？」

「もちろん知っています。矢代君が引退したとき、ブルーソックスのピッチングコーチでしたし、梶川君も、コーチしましたよ」

「その君から見てだね。矢代の話は信用できると思うかね？」

佐藤がきいた。

田島は、少しずつ、自分が、急遽《きゅうきょ》呼ばれた理由がわかって来た。

「正直にいいますと、矢代君には、あまりいい感情は持っていないんです」

「なぜだね？」

「彼は、自分のトクになることしかやらない男です。それに、えげつないところもありますから」

「どんなところだね？」

「一昨年、矢代君と一緒に、外野手の日下《くさか》君も現役を引退したんです。最初、ラジオ日本の解説には、日下君の方が決まりかけていたんですが、矢代君が、猛烈な売り込みをやりましてね。日下君には、ヤクザ者の知り合いがいるとか、女性問題でいろいろ噂があるとか、ラジオ日本の幹部にいったらしいのです。そのため、日下君の採用が取り止めになり、矢代君が、代って、解説陣に迎えられたわけです」

「すると、矢代《や》の持って来た話は、信用できんかね？」

と、佐藤は、眉《まゆ》をひそめた。

田島は、ちょっと考えてから、

「そうとばかりはいえません。彼は、自分のトクにならなければ何もしない男ですから、逆に、信用できるかも知れません。矢代君は、何か要求して来たんですか？」

「いや。まだ、何も要求して来てはいない。ただ、梶川君が、ブルーソックスを出たがっているが知っているかと、きいて来ただけだ」

「それだけですか？」

「もし、詳《くわ》しいことを知りたいのなら、自分に連絡してくれともいっていた」

「どうする積《つも》りですか？」

「それを決めるために、君にも、来てもらったんだ」と、久保寺が、いった。

「君から見て、梶川の将来性はどうかね？」

「今、彼は確か二十七歳です。あと数年は、第一線で働けると思っています。地肩が強くて、故障の少い男ですから、毎年、最低十勝は稼《かせ》げます」

「欲《ほ》しい選手だな」

「そうです。梶川君が、うちに来てくれれば、単に、彼の勝星が増えるだけでなく、ローテーションが確立できますから、他の投手の勝星も増えると思います」

「じゃあ、君がこの話の真偽《しんぎ》を確かめてみてくれ」

と、久保寺がいった。

2

田島は、その場で矢代に電話を入れた。

「田島さんですか。お久しぶりです」

という矢代の声が、電話から聞こえてくると、田島は、軽く、眉を寄せた。どうしても好きになれない男だったからである。

「梶川君のことだがね」と、田島はいった。「ブルーソックスを出たがっているというのは、本当なのかね？」

「くわしいことは、電話ではどうも——」

と、矢代は、もったいぶって、言葉を濁《にご》した。

「どこでなら話してくれるんだね？」

「料亭『菊水《きくすい》』はどうです？　おたくの球団のお偉方《えらがた》が、よく会合に利用されるところですよ」

「いいだろう」

「じゃあ、今夜七時に。お待ちしていますよ」

と、矢代がいった。

田島は、受話器を置くと、

「矢代は、『菊水』で会うそうです。こちらにおごらせる気でしょう。梶川君に直接連絡をとるのはまずいですか？」

と、佐藤にきいた。

「そりゃあ、まずいね」と、佐藤がいった。

「話がはっきりする前に、そんなことをしたら、向うの球団が、つむじを曲げて、出来るトレードも出来なくなる恐れがあるからね」

「矢代が、仲介料として何か要求してきたらどうしましょうか?」

「一応、聞くだけ聞いておいてくれ」

と、佐藤はいった。

その夜、田島は、わざと、約束の時間より少し遅れて、新橋《しんばし》の料亭「菊水」へ出かけた。

矢代は、先に来て、彼を待っていた。

「お久しぶりです」

と、矢代は、田島に向って、丁寧《ていねい》に頭を下げたが、すぐ、ニッと笑って、

「田島さんは、高松と中原という二人のピッチャーを育てあげたんだから、来季は、参稼《さんか》報酬の五十パーセントアップは間違いないんじゃありませんか」

「さあ、どうかな。何しろ、うちはBクラスだからね」

「しかし、あの二人が育ってなければ、東京センチュリーズは、間違いなく最下位で

したよ。僕も、ラジオ解説で、センチュリーズの中でMVPを選ぶのなら、ピッチングコーチの田島さんにあげるべきだといったんですよ」

矢代は、押しつけがましくいった。

田島は、へきえきしながら、

「梶川君の話を聞きたいね」

と、いって、煙草《たばこ》に火をつけた。

矢代は、そんな田島をじらすように、

「まあ、一杯いこうじゃないですか。こういうデリケートな問題は、焦《あせ》っちゃいけませんよ」

と、田島に、酒をすすめた。

田島にとっても、梶川を獲得できるかどうかは、来季のセンチュリーズの成績を左右することだから、慎重にならざるを得なかった。梶川という強力なエースが一枚加われば、優勝を争うことも可能なのだ。

田島は、黙って、相手の杯《さかずき》を受けた。

矢代は、並べられた料理に、楽しそうに箸《はし》を動かしている。料理が楽しいというより、自分が、梶川についての情報を握っていることを楽しんでいるのかも知れなかった。

田島は、ちらりと腕時計に眼をやった。ここへ来てから、すでに、三十分近くたっている。

「話がないのなら、私は帰るよ」

と、田島は、軽く、相手に脅《おど》しをかけてみた。

「相変らず田島さんは、せっかちですねえ。ブルーソックスのコーチの時も、若手のピッチャーが、同じ間違いを犯すと、よく殴《なぐ》りましたね。かんしゃくを起こして」

「性分《しょうぶん》だよ。それに、これでも忙しいんだ」

「梶川みたいな大エースの獲得以上に大事な仕事があるとも思えませんがねえ。彼が手に入れれば、センチュリーズの優勝も夢じゃないでしょう？」

「とれなければ、ただの夢さ。梶川が、ブルーソックスを出たがっているのは、本当なのかい？」

「本当ですよ」

「なぜ、君が知っているんだ？　スポーツ紙に、そんなことが出たこともないのに」

田島がきくと、矢代は、ニヤッと笑って、

「梶川が、僕だけに打ち明けてくれたからですよ。先週の日曜日です。彼から電話がかかって来ましてね。どうしても相談したいことがあるというんです。それで、会ってみると、ブルーソックスを出たいから、相談にのってくれというんですよ」

「なぜ、君に相談したんだろう？」

「まさか、出たいと思っているチームの監督やコーチに相談するわけにもいかんでしょうし、僕と梶川とは、ブルーソックスの時からの親友ですからね」

「親友ねえ」

田島は、苦笑した。この男に、親友がいたのだろうか。

「梶川が、ブルーソックスを出たいという理由は、何なんだい？」

と、田島は、きいた。

梶川は、ブルーソックス生抜きの選手である。確かに、ブルーソックスは、ここ十年あまり、Bクラスに低迷している。しかし、田島もピッチングコーチをしていたからわかるのだが、親会社がしっかりしているし、居心地《いごこち》の悪いチームではなかった。

「それは、梶川当人に聞いて下さい。その方が、田島さんも納得されるんじゃありませんか」

「君が、取りはからってくれるというわけだね？」

「そうです。ただし、必ず、僕を通して下さいよ。梶川も、僕に全てを委《まか》せるといってくれているんですから」

「君の目的は何なんだ？」

「何のことです？」

「とぼけなさんな。君は、何の報酬もなしに、こんな話を持ってくる人間じゃない。金かね？　私としても、条件を社長に伝えておかなければならないんでね」

田島が、皮肉な眼つきをすると、矢代は、一瞬、肩をすくめるようなポーズになったが、すぐに、顔を突き出すようにして、

「今、梶川クラスのピッチャーをドラフトでとるとしたら、契約金はいくらぐらいでしょうね？　五千万いや、一億円は覚悟しなきゃならんのじゃありませんか。十勝から二十勝は、確実に稼げる投手なんですから」

「それで？」

「一億円として、その二十パーセント、二千万円はいただきたいんですがね。センチュリーズは、親会社が大きいから、そのくらいは、簡単に払えるんじゃないですか？」

「二千万円ねえ」

「もし優勝できれば、二千万円くらい安いもんじゃありませんか」

「しかし、本当に梶川は、うちで獲得できるのかね？」

「それは、僕に委せて下さい。絶対に、梶川に、センチュリーズのユニフォームを着せてみせますよ」

矢代は、自信満々ないい方をした。

3

田島は、深夜近くなったが、球団事務所に戻り、そこに待っていた社長の佐藤と、監督の久保寺に、矢代の話を伝えた。

「二千万円とは、ふっかけたものだな」

と、久保寺が、苦笑した。

田島は、肯《うなず》いてから、

「それだけに、かえって、矢代の話が信用できるような気もするんです」

「私は、それとなく、記者たちに当ってみたんだがね」

と、佐藤が、いった。

「梶川が、ブルーソックスを出たがっているという噂は、誰一人知らんようだった」

「そうですか」

「ただ、ブルーソックスでは、うちと同じで、目下、主力選手の契約更改中だが、梶川は、球団側の二十五パーセントダウンに反撥《はんぱつ》してハンコを押していないらしい」

「それが不満で、出たがっているんでしょうか？」

「そうかも知れん」

「しかし、トレードとなると、向うも、こちらの働き手を要求してきますよ」

と、久保寺が、難しい顔でいった。

「金銭トレードだといいがね」

と、佐藤がいう。

久保寺は、首を振って、

「そう上手《うま》くはいかんでしょう。向うも、梶川が抜ければ、投手陣に大きな穴があくわけですから、それに見合う選手を要求してくると覚悟しなきゃいけないと思いますね」

「うちで、梶川の見返りに出せる選手というと、誰かね？」

佐藤が、久保寺を見た。

「ピッチャーでは、川西との交換なら、うちにとって、プラスだと思います。川西は、去年までうちのエースでしたが、肘痛《ひじつう》で今年は一勝も出来ませんでした。肘痛の方も、はかばかしくないようですし、年齢的な衰《おとろ》えもありますから、来季も、多くは期待できません」

「コーチの君も、同意見かね？」

　佐藤が、田島にきいた。

「私も、監督に賛成です。若手の高松と中原は、来季、あるいは二十勝近くするかも知れませんから、絶対に出せませんが、川西なら結構です」

「バッターでは？」

「一塁の山下《やました》と、外野の村上《むらかみ》なら、どちらを出してもいいと思います」

　と、久保寺がいった。

「しかし、二人とも、うちの主力打者だろう？」

「正確にいえば、かつての主力打者です」

　と、久保寺は、冷静にいった。

「二人とも、すでに三十八歳で、去年あたりから、急激に力が衰えて来ています。来季も、ホームラン十五、六本、打率二割六、七分は打てるでしょうが、足と肩が衰えていますから、守備が不安です。山下は、横を抜かれるヒットが多くなりましたし、村上は、外野守備が不安な上、弱肩《じやくけん》なので、浅いフライで簡単に、サードランナーを生還させてしまいます。昔は、そのための失点を、彼等のバットで取り返していたんですが、最近は、打つ方も悪くなっています。若手が育って来ていますので、この二人を外《はず》しても、打順を組めます」

「それなら、うちとしては、梶川の見返りとしては、投手では川西、バッターでは、山下か、村上ということで臨《のぞ》むことにするが、梶川との接触は、いつ出来るのかね？」

「用意が出来次第、矢代が、連絡してくるはずです」

と、田島はいった。

矢代から、連絡の電話が入ったのは、二日後の十二月三日だった。

その間、田島は、注意深くスポーツ紙に眼を通していたが、梶川の動きは、のらなかった。わずかに一社だけ、梶川の名前が出たが、それは、二十五パーセントのダウンを不満として、いぜん、契約更改を渋っているという二行ばかりの記事だけだった。

矢代が指定して来たのは、熱海《あたみ》のNというホテルだった。

関西の球団ブルーソックスにいる梶川は、大阪《おおさか》から、田島は、東京からということになる。

田島は、新幹線の「こだま」で、熱海に向った。

約束より少しおくれて、Nホテルに着くと、すでに、梶川も、矢代も部屋をとって待っていた。

梶川は、田島にとって、いわば、教え子の一人といってよかった。だから、梶川の顔を見ると、自然に、笑顔になって、

「どうだい？　元気かい？」

「身体は元気ですが、精神状態は、あまりよくありません」

梶川は、特徴のある大きな眼で、そんなことをいった。

身体も大きいし、手も大きい。それが、この男の武器でもあった。手が大きいほど、鋭い変化球を投げやすいからだ。

シーズン・オフのせいか、泊り客も少く、ホテルの中は、静かだった。

「僕は、席を外していた方がいいでしょう」

と、矢代は、手拭《てぬぐい》を手にして、温泉に入りに行った。

田島は、海の見えるサンルームに、梶川と並んで腰を下した。

「ブルーソックスを出たがっているというのは、本当なのかい？」

「本当です」

「理由は？」

「今年になって、監督やコーチと衝突ばかりして、嫌気がさしたんです」

「ブルーソックスは、今年、監督、コーチの総入替があったんだったな。小林監督は、川上《かわかみ》式の管理野球を標榜《ひょうぼう》しているんだが、その管理野球が、君に合わなかったということかね？」

「田島さんはよく知ってるでしょう。僕は、自分のプライバシィまで、あれこれ干渉《かんしょう》されるのは、我慢ができないんです。ところが、新しい監督は、食事まで指示するし、アルコールは飲まない、煙草も吸い過ぎないと、シーズンの初めに誓約書まで書かされたんですよ。まるで、子供扱いですよ。これで、気持よく仕事ができるはずがないでしょう。その上、彼の連れて来たピッチングコーチは、選手の方を見ているんじゃなくて、いつも、監督の顔色ばかり見ているんです。これじゃあ、来年も、いい成績が残せそうもありません。だから、ブルーソックスをやめたくなったんです」

「すると、君の今シーズンの不成績は、監督やコーチとの衝突にあったというわけだね？」

「ピッチャーというのは、デリケートですからね。特に僕は、どちらかといえば、わがままだから、あんな球団の雰囲気じゃあ、やる気になれませんよ。今シーズンの後半は、僕にやる気がないのが、監督にもわかったんでしょうね。別に故障でもないのに、ほされていましたよ」

「契約更改の時に、そのことをいわなかったのかね？」

「もちろん、いいましたよ。ところが、球団のお偉方も、僕が悪いの一点張りでしてね。二十五パーセントのダウンを提示してきたんです。頭へ来ましたよ」

梶川は、声をふるわせた。顔色も青ざめている。球団や監督、コーチへの怒りに嘘《うそ》はないようだった。

確かに、今シーズンの後半、梶川が、監督の小林と衝突し、ほされているという噂を聞いたことがある。

だが、田島は慎重だった。

「実は、君の話があったので今シーズンの君の成績を調べてみたよ」

「そうですか」

梶川は、ちょっと不安げな表情になった。

「君の成績は、九勝十三敗二セーブだ」

「最低ですよ」

「私が気になったのは、その内容だ。素晴らしいピッチングをして、相手をシャットト・アウトしたかと思うと、次のゲームで、見るも無残にメッタ打ちにあった。ノックアウトされている。一つのゲームの中でも、五、六回まで完全に抑えていたのに、次の回に突然乱れて、大量点を奪われて降板している。昨シーズンまでの君にはなかったことだ。まあ聞きたまえ。私は、いろいろと、理由を考えてみたんだが、ひょっとすると、君は、どこかに故障があるんじゃないかと考えたんだ」

多くの優秀な選手が、病気のために、ユニフォームを脱いだのを、田島は、見て来ている。

特に、ピッチャーの場合は、それが多い。

肩痛、肘痛、腰痛、太ももの肉ばなれ、あるいは指先の感覚がなくなる血行障害などだ。

稲尾《いなお》や杉浦《すぎうら》といった不世出《ふせいしゅつ》のピッチャーも、そのため、マウンドを去った。

「僕は、どこも悪くありません」

と、梶川がいった。

「そう思うが、君をうちに迎えるについては、慎重の上にも慎重にならざるを得ないんでね。うちが欲しいのは、二十勝できるエースであって、五、六勝しかできない故障持ちのピッチャーじゃないんだ」

田島は、喋《しゃべ》りながら、自分のチームの川西のことを考えていた。肘痛という持病のある川西は、来シーズンも、せいぜい、五、六勝どまりだろう。

「僕は大丈夫ですよ。楽しく働けるチームなら、必ず、二十勝はしてみせます」

梶川は、きっぱりといった。

「そうあって欲しいと思うよ。ただ、これは、大事な取引きなのでね。君に、健康診断を受けてもらいたいんだ。その診断書を、うちの社長や、監督に見せて安心させてやりたいんだよ」

と、田島はいった。

4

温泉からあがって来た矢代にも、田島は、同じことを話した。

「用心深いことですね」

矢代は、皮肉な眼つきをした。

田島は、「高い買物をするわけだからね」と、いった。

「うちは、優勝するために、梶川君が欲しいんだ。そのためには、慎重にやりたいんだよ」

「梶川君さえOKならば構いませんよ。僕は、仲介役でしかありませんからね」

「僕も、すっきりしたいから、調べてもらいます」

と、梶川もいった。

早い夕食をすませてから、田島は、矢代と梶川を、熱海市内にある総合病院へ連れて行った。

そこで、梶川の健康診断を頼んだ。内臓疾患の有無の他、肉ばなれ、血行障害、肩、肘などの異常である。

診断は三日間にわたった。そのため、田島たちは、Nホテルに泊った。

レントゲン写真が、何枚も撮られ、それは、田島に渡された。

全て異常なしだった。

田島は、満足した。これで、安心して、梶川の獲得に走れるだろう。

「梶川君自身に問題はなくなったが、あとは、どうやって、うちのチームに入れるかだ」

と、田島は、ホテルでの食事の時に、梶川と、矢代に向って、相談するような形でいった。

「僕は、来季の監督の構想の中に入っていないと思いますから、簡単に、トレードは出してくれるんじゃありませんか」

梶川が、楽観的にいった。

田島は、首を横に振った。

「君は、二十勝投手だよ。君が、ブルーソックスを出たがっているとわかれば、多分、全球団が、ブルーソックスに、トレードを申し込むはずだ。また、ブルーソックスも、君を出すとしても、なるべく高く売りつけようとするだろう。ビジネスだから当然さ。見返りに、エース級のピッチャーか、主力打者を要求してくるに決まっている」

「センチュリーズは、交換に、誰なら出せるんですか?」

と、矢代がきいた。

「ピッチャーなら川西、バッターでは、山下か村上だ」

田島がいうと、矢代は、肩をすくめた。

「いずれもロートルですね。下り坂の選手ばかりだ」

と、無遠慮にいった。

「しかし、他の選手は出せんよ」

「他のチームは、もっと、上り坂の選手を交換要員にあげてくるかも知れませんよ」

「問題は、それだが、何とかならないかな？」

「そうですねえ」

と、矢代は、しばらく考えていたが、

「百万円ばかり、すぐ用意できませんか？」

「どうするんだ？」

「医者を一人買収します」

「それで？」

「シーズン中、梶川君が連敗したとき、肩か肘が故障しているらしいという噂が出たことがあります。それを逆手《さかて》にとるんです」

「医者を買収して、嘘の診断書を書かせるわけかい？」

「肘痛が悪化して、来季の登板は無理といった診断書です。そして、僕が、噂を流します。ブルーソックスは内密にしているが、梶川の肘痛は、投手生命を危うくしているという噂ですよ。梶川君にも、肘痛を治したいと球団に申告させ、どこかの温泉に行ってもらうのです。こうなれば、梶川君がトレードに出されても、他のチームは、獲得に二の足をふむんじゃありませんか？　ちょっと、あくどいかも知れませんが、これくらいの手を打たないと、川西や山下クラスの選手で、梶川君は獲得できませんよ」

「医者の診断書一枚で、うまく欺《だま》せるかね？」

田島が、あやぶむと、矢代は、言葉を継いで、

「レントゲン写真も用意します。梶川君によく似た体型で、右肘に故障のある男のレントゲン写真です」

「そんな都合のいい男がいるかね？」

「一人います。二年前、レッドベアーズを馘《くび》になったピッチャーの的場《まとば》ですよ。年齢は現在二十九歳。身長も、手の長さも、だいたい、梶川君と同じです。彼は、右肘に軟骨が出来る病気で、手術しましたが上手《うま》くいかず、引退しています。彼の右腕のレントゲン写真を使おうと思います。的場は、やめてから水商売を始めましたが、失敗して、今、金に困っています。ですから、金さえ出せば、喜んで協力してくれるはずですよ」

「責任は、全て、君が持ってくれるんだね？」

「二千万円も頂けるんですから、責任は、僕が持ちます。安心して下さい。あなたに

も、センチュリーズにも、決して、ご迷惑はおかけしません。何なら、誓約書を書いてもいいですよ」

「とにかく、この件については、社長や監督と相談してから返事をするよ」

と、田島は、慎重の上にも慎重だった。

田島は、いったん、梶川たちと別れて帰京すると、すぐ、社長の佐藤に、矢代の提案を報告した。

監督の久保寺も加わっての協議になった。

田島は、梶川のレントゲン写真や、診断書を二人に見せて、

「梶川の身体には、全く異常がありません。今季の不調は、全く心理的なものと思われますので、うちへ来て、心機一転すれば、二十勝は堅いと思います」

と、強調した。

久保寺も、それには賛成した。

「うちが、Bクラスに落ちた理由の一つに、対ブルーソックス戦の不成績がありますす」

と、久保寺は、佐藤にいった。

「そのブルーソックスから、エースの梶川がうちへ来てくれれば、立場は逆転しま

す。巨人、阪神の間の小林《こばやし》投手の例もありますからね。梶川君が、対ブルーソックス戦に力投してくれれば、優勝も可能です」

「問題は、矢代に委せるかどうかだな」

佐藤は、難しい顔でいった。

東京センチュリーズは、ここ数年、優勝どころか、下位に低迷している。親会社からは、優勝せよの命令が来ていた。そのためには、梶川の獲得は、絶好のチャンスなのだが、矢代の提案を受け入れて、もし、それが公《おおやけ》になってしまったら、親会社のイメージにも傷がつくだろう。

「GOのサインを出しますか？」

と、田島がきいた。

「万一の時は、矢代に責任を負わせることが出来るんだろうね？」

「その点は、大丈夫だと思います。レントゲン写真の偽造も、医師の買収も、矢代がひとりで、勝手にやったことに出来るはずです」

「君はどう思うね？」

佐藤が、久保寺を見た。

「私は、どうしても、梶川を欲しいと思います。彼が来れば、優勝が狙えます」

久保寺は、眼を光らせていった。彼は、現役時代、名二塁手として鳴らしたが、監督になってからは、一度も優勝していなかった。すでに五十四歳だし、来季も、センチュリーズが下位に甘んじれば、更迭《こうてつ》は必至だった。それだけに、焦るのだろう。

「よし。GOサインを出そう」

と、佐藤が、決断した。

田島が、再び矢代に会い、百万円を現金で手渡した。銀行振込みや、小切手では、あとで、証拠として残る心配があったからである。
二、三日して、梶川の肘痛は不治に近いという噂が流れ始めた。
その噂を裏書きするように、梶川自身、契約更改をすまさずに、身体のオーバーホールと称して、傷や痛みにきくという山陰のS温泉に出かけた。

何人かのスポーツ記者が、S温泉に追いかけて行って、梶川に、噂は本当なのかと迫った。

それに対して、梶川は、むきになって否定する。おかしなもので、梶川が、必死になって否定すればするほど、肘痛の噂に真実性が加わり、「梶川、再起不能か？」などという記事まで、スポーツ紙にのるようになった。

ブルーソックスが、急遽《きゆうきよ》、梶川をトレード要員にしたというニュースが入ったのは、その後である。

事態は、計画どおり進んでいるようだった。

梶川の肘痛が致命的なものらしいという噂が流れているので、他の球団は、二の足を踏んだ。

その間隙《かんげき》をぬうように、センチュリーズが名乗りをあげた。

センチュリーズが提示したのは、金銭トレードか投手の川西、あるいは、打者の山下、村上の三人の中の一人とのトレードだった。

田島は、どんな具合に話し合いが進んだか知らなかったが、十二月十日になって、監督の久保寺から、

「決まったよ」

と、いわれた。

「向うは、誰を要求して来たんですか?」

「ピッチャーの川西だ。明日、正式に調印されるはずだ」

「川西ですか」

「向うさんも、梶川の肘痛の噂があって、川西ぐらいしか要求できなかったんだろう。これで、完全なうちのプラスだよ」

久保寺の声は、さすがに弾《はず》んでいた。

「梶川はどうしています？」

「十二日に、上京してくる。そして、うちの本社で、入団発表の段どりになるはずだ。君は、そのあと、例の二千万円を、大阪へ行って、矢代に渡して欲しい」

「わかりました」

と、田島はいった。嫌な役目だが、待望の梶川を獲得できたのだから、このくらいのことは、我慢せざるを得まい。

翌十一日に、両球団社長の間で、正式に調印が行われ、十二日には、梶川が上京して来て、センチュリーズ本社で、入団発表が行われた。

――センチュリーズ、危険な買物。

と、書いた新聞もあった。

入団発表に集った記者たちの質問も、もっぱら、梶川の肘痛に集中し、来季の活躍を危ぶんでいた。

ニコニコしていたのは、真相を知っている田島たちだけだった。

その田島は、「これで、来シーズンは優勝可能」と、ほくそ笑んでいたのだが、翌十三日に、思わぬ事件が起きて、それに巻き込まれることになってしまった。

5

田島は、出発する前に、東京駅の真ん前の、ホテルMに泊っている梶川に電話をかけた。

ちょうど、八時半だった。

「九時の新幹線で、大阪の矢代君に会ってくるんだが、何か言《こと》づてはないかね？」

「彼は今、ニュー大阪ホテルでしょう？」

「よく知ってるね」

「昨日も、電話がありましたから」

と、梶川は、電話の向うで笑ってから、

「会ったら、お礼をいっておいて下さい。とにかく、矢代さんのおかげで、センチュリーズに入団できたんですから」

「いっておくよ」

田島は、電話を切ると、東京駅まで、車を飛ばした。

午前九時東京発の「ひかり23号」に辛《かろう》じて間に合った。

新大阪に着いたのは、十二時十分である。

田島が、グリーン車からホームにおりたとたん、背後から肩を叩《たた》かれた。

振り向くと、サングラスをかけた梶川だった。驚いて、

「どうしたんだい？」

「心配になったんで、同じ列車で、来てみたんです。矢代さんが、何を要求してくるかわかりませんから」

「大丈夫だよ」

と、田島は、笑ってから、改めて、梶川の恰好《かっこう》を見て、

「何だい？　そりゃあ」

「変装して来たつもりなんですが、おかしいですか？」

「上手《うま》い変装だよ。どう見ても、野球選手には見えんね」

矢代の待っているニュー大阪ホテルは、駅から歩いて五、六分のところにあった。

二人が入って行き、フロントで、田島が、

「矢代保《たもつ》さんに会いたいんだが」

と、いうと、相手の表情が、急にこわばった。

「ちょっと、お待ち下さい」

と、いい残して奥に消えたが、代りに、背の高い、眼つきの鋭い男が現われ、黒い警察手帳を見せた。

「大阪府警の森本《もりもと》ですが、矢代さんに、どんなご用ですか？」

と、その男がきいた。

「何かあったんですか？」

「五分前に、死体で発見されました」

「本当ですか？」

思わず、田島の声が、甲高《かんだか》くなった。

「背中を刺されて、殺されていたのです。それで、今の質問ですが、答えていただけませんか」

「私は、東京センチュリーズの田島です。来シーズンのことで、矢代さんに相談したいことがあって来たんですが」

と、田島は、身分証明書を見せた。

梶川も、サングラスを外して、名前をいった。

森本という刑事は、初めて、微笑して、

「あなたの顔は知っていますよ」

と、梶川にいった。

「矢代さんは、誰に殺されたんでしょうか？」

田島がきくと、森本は、首を振った。

「わかりませんな。お二人は、いつ着かれたんですか？」

「十二時十分に、同じ新幹線で着いたんです。駅から真っすぐここへ来たんですが」

喋《しゃべ》りながら、田島は、スーツケースが気になって仕方がなかった。中に二千万円の現金が入っていたからである。何のための二千万円だときかれたら、答えに窮《きゅう》してしまう。

しかし、森本は、スーツケースには、別に注意を払わず、

「十二時十分着の列車に乗っていたことを証明できますか？」

「できますよ。名古屋《なごや》を通過したところで、東京の佐藤球団社長に、列車の中から、電話をかけましたから、記録が残っているはずです」

「梶川さんも同じ列車ですか？」

「ええ。同じ、博多行のひかりです」

「それなら結構です」

と、森本刑事はいった。もちろん、そういっても、裏付け捜査はするだろうが。

田島と、梶川は、その日のうちに、東京に帰った。大阪に残っていて、記者たちに、矢代との関係を、あれこれ詮索《せんさく》されてはかなわないと思ったからである。

死んだ矢代が、トレードの裏工作を、メモにでもして残していると困るなと思ったが、そんなものはなかったらしく、新聞にも出なかった。

週が変って、十二月二十日になって、森本刑事が、田島に会うために上京して来た。

6

田島は、森本刑事と、球団事務所で会った。

「まだ、私をお疑いですか？」

と、田島が、機先を制してきくと、森本は、手を振った。

「あなたが、十三日の『ひかり23号』に乗ったことは証明されました。あなたのアリバイは完全です。矢代さんは、当日の十二時頃に殺されたと思われますから」

「それなら、なぜ、また、私に会いに来られたんですか？」

「問題は、梶川さんです。彼は本当に、あなたと同じ『ひかり23号』に乗っていたんですか？」

「なぜです？」

「実は、その日の十二時頃、ニュー大阪ホテルのロビーで、梶川さんらしい人を見たというボーイがいるんです。それでおききするんですが、新幹線の中では、並んで座っておられたんですか？」

「いや、新大阪のホームで一緒になったんです」

「すると、梶川さんは、一列車前に着いて、あなたをホームに迎えに出ていたということも考えられますね？」

森本は、勢《いきお》い込《こ》んでいった。

田島は、あわてて、机の引出しから、時刻表を取り出した。

「ひかり23号」の前というと、「ひかり103号」である。

これは、午前八時三十六分東京発岡山行で、新大阪着は、十一時四十六分になっている。

森本は、のぞき込むようにして、

「この列車ですよ。これで新大阪に着き、矢代さんを殺して、何くわぬ顔で、駅に引き返し、あなたをホームで迎えた。あたかも、同じ『ひかり23号』で来たような顔をしてです」

「残念ですが、それは不可能ですよ」

「なぜです？」

「あの日、乗る前に、ホテルMに泊っている梶川君に電話したんです。何か伝言はないかときくためにです。それが、八時三十分だったんです」

「その時刻に間違いありませんか？」

「九時のに乗らなきゃならないんで、時間を気にしながら電話していましたからね。よく覚えているんです。八時半にかけて、かけ終ったとき、あと二十五分しかないなと思ったんだから、八時三十五分になっていたんですよ。これじゃあ、八時三十六分発の『ひかり103号』に乗るのは無理でしょう」

「しかし、ホテルMは、東京駅の真ん前にありましたね」

「ええ。しかし、新幹線のホームまで、駆《か》け足でも七、八分はかかりますよ。一分で行くなんて、絶対に無理です。それに、あの日は、新幹線が遅れたということもないし――」

「すると飛行機を使ったのかな？」

と、森本は、ふと呟《つぶや》いたが、すぐ、自分で「違うな」と、否定した。

「十二月十三日は、各航空会社が、ボーナス闘争でストに入り、一便も飛ばなかったんだ」

「梶川君は、事件とは無関係ですよ」

「そうらしいですね。ところで、殺された矢代さんの銀行口座を調べたところ、十二月十日に二千万円という大金が入金されているんですが、何か心当りはありませんか?」

「とんでもない」

田島は、あわてていった。こちらの二千万円は、矢代が死んだので、渡さずにすんだのだ。

「そうですか。またお会いするかも知れませんね」

と、いい残して、森本は、帰って行った。

田島は、何となく、森本のいった二千万円が気になって調べてみたが、結局、わからなかった。

森本が、また上京して来たのは、三日後だった。

森本は、田島と顔を合わせるなり、

「梶川を逮捕しましたよ」

と、いった。「それを、お知らせしようと思いましてね」

「逮捕した？」

「そうです。矢代を殺した容疑です」

「しかし、梶川君には、ちゃんとしたアリバイがあったはずじゃありませんか？」

田島が気色《けしき》ばんでいうと、森本は、微笑して、

「そのアリバイが崩れたんですよ」

「しかし、あの日、飛行機はストで欠航していたし、八時三十六分発の『ひかり103号』には乗れなかったはずですよ」

「梶川は、八時五十分の『ひかり』に乗ったんです」

「そんな列車はありませんよ」

「ところが、十三日にはあったんです。国鉄は、例の銀河鉄道以来、味をしめて、次々に臨時列車を出すようになりましてね。十三日は、とうとう、新幹線の臨時列車を出したんです。宝塚《たからづか》のスターで、最近引退した吹雪《ふぶき》ゆかりを知っていますか？」

「ええ」

「国鉄では、彼女の人気に眼をつけましてね。吹雪ゆかりと宝塚を見ようというのを企画したんです。これは、十三日の午前八時五十分東京発の臨時の『ひかり』で、新

大阪へ行くというもので、列車の中で、彼女と対談したり、彼女の出た映画を観賞したりするわけです。この『ひかり』は、ノン・ストップで新大阪まで走り、新大阪着は、十一時五十分なんですよ。これなら、ニュー大阪ホテルで矢代保を殺し、何くわぬ顔で、駅へあなたを迎えに行けたわけです。こちらで調べたところ、梶川は、吹雪ゆかりの熱烈なファンでしてね。恐らく、臨時列車に乗ることになっていたんでしょう。その時に、あなたが、九時の新幹線で新大阪へ行くと知って、一芝居打つことを考えたんだと思いますね」

「しかし、動機は何です？　梶川君は、なぜ矢代保を殺したんです？」

「まだ自供していませんが、多分、矢代保にゆすられていたんだと思いますよ」

森本は、自信にあふれたいい方をした。

「ゆすられていたって、何をタネにですか？」

「想像はついていますが、まだ、証拠はありませんのでね」

と、森本は、いってから、

「ああ、田島さん。十二月十日に、矢代保の銀行口座に振り込まれていた二千万円のことがわかりましたよ。振り込んだのは、ブルーソックス球団でした」

「ブルーソックスが？」

田島は、戸惑《とまど》った。

矢代は、田島たちと共謀して、ブルーソックスを欺したのだ。それなのに、なぜ、ブルーソックスが、矢代に、二千万円も払ったのだろうか？

田島が、それをきく前に、森本は、立ち上っていた。

森本は、歩きかけてから、急に立ち止まって、

「ところで、おたくの球団は、なぜ、梶川をトレードで獲得されたりしたんですか？川西との交換じゃあ、マイナスでしょう？」

「まさか、人殺しをするとは思いませんから」

田島が、苦い顔でいうと、森本は、首を振って、

「そのことじゃありませんよ」

「じゃあ、何のことです？」

「関西じゃあ、野球トバクが盛んで、手をやいているのですよ。去年、梶川が、妙な負け方をやたらにするので、ひそかにマークしていたんです。どうやら、金を貰って、八百長《やおちょう》試合をやっているらしいとわかって来ましてね」

「球団は、知っていたんですか？」

「警察としては、一応、球団にも注意しておきましたよ」

「くそ！」

思わず、田島は、テーブルを拳《こぶし》で叩いた。

謀《はか》るつもりが、まんまと謀られてしまったのだ。

ブルーソックスは、黒い噂の立ち始めた梶川を、早急に処分しなければならないと思った。幸い、まだ、警察だけがマークしているだけで、他球団は知らない。

しかし、何といっても二十勝投手で、エースだ。

ただ、トレード要員と発表したのでは、何かあると思われ、調べられてしまう。

そこで、矢代を使って、一芝居打ったのだ。矢代は、金で、どうにでも動く男だからだ。

矢代は、もっともらしい顔で、梶川が、ブルーソックスを出たがっていると、田島たちに告げる。

田島たちは、その話に飛びついた。

そして、他人の肘痛のレントゲン写真で、ブルーソックスを欺そうという話になる。ここが巧妙なところだ。欺したと思っている人間は、逆に自分が欺されているなどとは、針の先ほども思わないものだから。

かくして、ブルーソックスは、川西を手に入れ、ババの梶川を、センチュリーズにつかませることに成功した。二千万円は、そのお礼に、矢代におくられたものに違いない。

梶川自身は、自分にうしろ暗いところがあるから、ブルーソックスから出て、他の球団に行ければいいとのみ思っていたろうし、矢代のいいなりだったろう。

矢代は、それで止めておけばいいのに、梶川もゆすったのだ。だから、殺された――。

森本の姿は、消えていた。

田島は、急に、首筋のあたりが、うそ寒くなってくるのを感じて、小さく身ぶるいした。

審判員《アンパイア》工藤《くどう》氏の復讐

1

カクテル光線の中を、糸を引いたように、打たれたボールが、レフトに飛んだ。

ヒットエンドランがかかっていたから、一塁走者の安西《あんざい》は、二塁を回って、三塁に突進する。ブルーソックスの先制のチャンスだ。

レフトへ飛んだ打球なので、サードコーチの土田《つちだ》は、手を広げて止めたが、若い安西は、それを無視して、ベースめがけて、ヘッドスライディングした。

シャークスの左翼手君原《きみはら》は、ワンバウンドで捕球すると、強肩を利して、三塁へストライクの投球をした。

サードの有末《ありすえ》は、ベースをがっちり守りながら、ヘッドスライディングしてくる安西の手にタッチした。

三塁塁審の工藤《くどう》は、慎重に見定めて、

「アウト！」

と、コールした。

とたんに、怒りの形相《ぎょうそう》すさまじく、安西が、はね起きた。

（来るな）

と、工藤は、身構えた。

ブルーソックスの安西といえば、ハッスルプレイを売り物にしている若手の強打者だったが、そのハッスルプレイは、時には、乱暴なプレイにも通じていたからである。

それに、なぜか、工藤と相性《あいしょう》が悪かった。工藤が、審判をするゲームの時に、安西は、奇妙に問題を起こすのだ。

最初は、去年の対ホワイトベアーズ戦で、この時、工藤は、主審をつとめた。ホワイトベアーズの投手は、コントロール抜群のベテラン投手古井《ふるい》だった。

二十五歳の四番打者安西は、古井の前に、ノーヒット三三振に抑えられてしまったのだが、この三つの三振は、いずれも見送りで、決め球のゆるいカーブを、安西は、ボールと判断したのである。

だから、工藤が、ストライクのコールをするたびに、安西は、振り返って、じろりと睨《にら》んだり、口の中のガムを吐き捨てて、「え？　あれがストライクだって！」と、大声をあげたりした。

最初の三振の時は、「ちぇっ、どこ見てるんだ！」と、捨てぜりふを残しただけで、ダグアウトに引っ込んだが、二打席目に、同じようなカーブで三振を喫《きっ》すると、ヘルメットとバットをホームプレートに叩《たた》きつけた。

三度目の時、つかつかと、工藤に近づいて来ると、いきなり、凄《すご》い形相で、体当りしてきた。

工藤は、身長百七十センチ、体重六十五キロと、日本男子としては平均的な体軀《たいく》なのだが、相手の安西は、何しろ、百八十五センチ、八十六キロの大きさである。見事にはね飛ばされて、工藤は、引っくり返った。

ブルーソックスのホームグラウンドだったから、いっせいに、拍手、歓声があがった。ひいきのチームが、古井の軟投の前にゼロ行進を続けて、いらいらしていた観客が、安西の行為に、その捌《は》け口を見つけたのかも知れなかった。

工藤は、仰向《あおむ》けに引っくり返った自分の姿を考えて、屈辱感と怒りのために真っ青になり、女のように甲高《かんだか》い声で、

「退場！　退場！」

と、連呼していた。

「何を！」

という顔で、また、安西が迫ってくる。ブルーソックスのベンチから、打撃コーチ

の鈴木《すずき》が、あわてて駈《か》け寄ってきて、背後《うしろ》から、安西の大きな身体《からだ》を抱き止めた。

安西は、鈴木を引きずるようにして、なおも、工藤に迫って、二言《ふたこと》、三言《みこと》、毒づいた。

ネット裏の観客が、わあ、わあと、騒ぎ立てている。中には、「アンパイア、死ね！」とか、「安西、蹴飛《けと》ばしてやれ！」と叫んでいる者もいる。

工藤の味方をする者は、誰もいなかった。いつだって、審判がんばれなどといってくれる観客などいたためしはないのだ。

工藤は、改めて、孤独感を覚えながら、それだけ余計に、意地になって、

「退場！」

と、また叫び、安西に向って、ダグアウトを指さした。それでも、安西は、すぐには退場せず、威嚇《いかく》するように、片手を振りあげて見せてから、のそのそと、自軍のダグアウトへ歩いて行った。

安西は、退場した。が、工藤も、試合が終ると、ブルーソックスのファンの罵倒《ばとう》を浴びながら、球場をあとにすることになった。コーラの空《あき》かんも投げつけられた。

審判部長の一条《いちじょう》も、「今日は、ご苦労さん。大変だったね」と、一応、いたわってはくれたが、言葉を続けて、

「君も、もう少し、融通《ゆうづう》を利《き》かせた方がいいな」

「どういうことです？」

「安西が見送って三振になったボールだがね、三回とも、ストライク、ボールどちらにしてもいい微妙な球だった。一打席目は、ストライクアウトにしてもいいが、二打席目は、ボールにして、平衡《へいこう》を保った方がよかったんじゃないかね。そうすれば、安西だって、あんなに激高《げきこう》しなかったと思う。とにかく、ブルーソックスのホームグラウンドなんだからね。正確に判定を下すのも、われわれの仕事だが、ゲームのショー・アップを図《はか》るのもわれわれの役目の一つなんだ。それも忘れないことだね。例《たと》えば、私は、ある投手が、完全試合を達成したゲームで、主審をつとめたことがある。九回二死までパーフェクトで来て、最後の打者が、一―三になった。五球目に外角の直球で、ストライク、ボールどちらともとれる球だった。いつもの私なら、ボールに判定するんだが、その時は、迷わずに、ストライクとコールしたよ。もっとボールくさくても、ストライクといったろうね。それで、あのゲームは、日本の野球史に残ることになったんだ」

「つまり、私が間違っていたということですか？」

工藤は、顔色を変えた。が、一条は、あくまでも、落ち着き払って、

「君も、反省することがあるんじゃないかといいたいだけだよ」

「私は、自分に反省すべき点があるとは思っていません。悪いのは、あくまでも、安西の方です」

2

その時から、工藤と、安西の確執《かくしつ》が始まったのである。

ブルーソックスの試合で、工藤が審判をつとめると、奇妙に、微妙な場面が生れてしまうのだった。

その上、二回に一回は、安西が絡《から》んできた。

安西は、明らかに、工藤が、わざと自分に不利な判定を下していると思い込んでいるようだった。

工藤の方は、自分では、あくまで正確なジャッジに努めているのだと考えていたが、やはり、人間だから、安西の軽蔑《けいべつ》したような眼とぶつかると、自然に、意地になってしまうのだ。判定が、辛《から》くなってしまう。

三度目の退場を、安西に命じたときだった。安西は、週刊誌の記者に対して、

「あの審判は、明らかに、おれを憎んでいて、ことあれば、おれを退場させようとしてるんだ。まるで、ヒステリーだよ。あんな審判がいたんじゃあ、安心して試合が出来ないよ。もし、今度、わざとおれに不利な判定をしやがったら、あいつを思いっきり、ぶん殴《なぐ》ってやる」

と、話し、それが、記事になった。

だから、今日のゲームで、三塁に滑《すべ》り込んだ安西に、「アウト」のコールをした瞬間、

（来るな）

と、身構えたのである。

案《あん》の定《じよう》、立ち上った安西の血相が変っていた。眼が吊《つ》りあがり、両手で作ったこぶしがぶるぶるふるえている。

危険な空気を感じて、ブルーソックスのコーチが、飛び出して来たが、それより先に、安西のこぶしが、工藤を襲った。

殴られて、転《ころ》がったとき、内野スタンドから、中身が入ったままのビールの缶が投げ込まれた。その一つが、工藤の頭に命中した。

工藤は、一瞬、眼が眩《くら》んで、その場にしゃがみ込んでしまった。

なおも、物が投げ込まれる。それも、工藤めがけて投げ込まれるのだ。

「グラウンドに、物を投げ込まないで下さい！」

場内アナウンスが、ヒステリックに叫ぶ。

安西も退場したが、頭から血を吹き出した工藤も、すぐ、救急車で、近くの病院に運ばれた。

五針縫う裂傷《れっしょう》だった。

安西も見舞いに来なかったし、ブルーソックス球団からも、誰も来なかった。

審判部長の一条も、電話をかけて来ただけである。

同僚の谷口《たにぐち》が、デイ・ゲームの帰りに寄ってくれたのは、二日たってからだった。

「ブルーソックスの安西は、どうしてる？」

と、工藤は、谷口にきいてみた。

「翌日から、ゲームに出てるよ。今、ブルーソックスは、ホワイトベアーズやシャークスと、首位争いを演じているからね。四番打者の安西を、一日も休ませられないってところだろうね。安西は、罰金さえ払えばいいんだろうと、うそぶいてるよ」

「僕の殴られ損なのか」

工藤は、ベッドの上に起き上って、歯がみをした。

安西は、大学野球の花形選手として、ドラフト一位で、三年前にブルーソックスに入った。その年に新人王になり、翌年は、首位打者になっている。給料も、倍々に増えて、今や、押しも押されもせぬ二千万円プレイヤーで、ブルーソックスの四番打者なのだ。

それに比《くら》べて、工藤は、これといった球歴なしに、審判になった。ノンプロでやっていたことはあるが、無名に近かった。

球界全体の利益ということから考えれば、どちらをより必要としているか、考えるまでもない。ファンあってのプロ野球というように考えれば、その差は、もっとはっきりする。審判のファンなど、めったにいないからだ。

安西のファンは、何万、何十万といるだろう。工藤が、彼に退場を命じるたびに、抗議の手紙が、殺到したものだった。今度は、入院してしまったのでわからないが、工藤のマンションの郵便受は、きっと、抗議の手紙で、あふれているだろう。

「これを見ろよ」

と、谷口は、今日のスポーツ紙の一つを見せてくれた。

一面に、「安西はセーフだった！」という活字が躍《おど》り、大きな写真がのっていた。

安西が、ヘッドスライディングで、サードに飛び込み、シャークスの有末が、タッチしようとしている写真だった。

　その写真では、安西の手が、すでに、サードベースにタッチしているのに、有末は、まだ、安西にタッチしていないように見える。

「これは、タッチしたあとの写真だよ」

と、工藤は、舌打ちした。タッチしたあと、有末が、グローブを安西から離した。その時に撮った写真なのだ。

「だが、一般のファンが見れば、タッチする前だと思うし、それが狙《ねら》いの写真だよ」

と、谷口は、いってから、

「君は、今、独身か？」

「家内と別れたからね」

「ひとりになってから、新宿《しんじゆく》のホステスとつき合っていたね？」

「なぜ、そんなことを知ってるんだ？」

「君は、狙われてるぞ」

「何のことだ？」

「ブルーソックスは、新聞社が持っている球団だよ」

「そのくらいのことは知ってるよ」

「安西が、このところ、立て続けに、退場を食らって、乱暴者のイメージが生れつつある。球界の紳士球団を自任するブルーソックスとしては、主力打者がそれでは困るんだな。そこで、君を悪者にすることにしたんじゃないかと思う。退場を食うのは、安西が悪いんじゃなくて、君が、彼を目の敵《かたき》にして、セーフなのに、アウトのコールをする。ボールなのに、ストライクとして三振にしてしまう。だから、安西が怒るのも無理はないという空気を作る気だよ」

「そんな馬鹿な」

「君が、馬鹿なといっても、相手は、大組織なんだ。このスポーツ紙だって、同じ系統の新聞だよ。それに、この週刊誌には、君のことがのっている。さっき、僕がきいた女のことさ」

谷口は、丸めてポケットに突っ込んであった週刊誌を、工藤の前で、広げて見せた。

〈正義の士（?）が、女を欺《だま》す?〉

そんな活字が、工藤の眼に飛び込んできた。審判員《アンパイア》のユニフォームを着た工藤の写真がのっている。

〈近頃、グラウンド内で、正義の刃《やいば》を振るっている工藤審判員とは、どういう人なのだろうか？〉

そんな形の書き出しで、どう調べたのかわからないが、工藤の略歴が記《しる》してあり、最後の方で、妻と離婚したあと、やもめの寂しさから、新宿のバーのホステスと関係を持ち、その別れ話でごたついていると書いてある。

〈――ホステスの柳沼久美子《やぎぬまくみこ》さん（二十八）の話では、工藤審判員は、妻と別れた寂しさを彼女に訴え、それに同情した久美子さんは、全てを与え、結婚の約束までしたが、最近になって、急に冷たくなり、結婚の約束も、ホゴにされたという。もし、工藤審判員が、そのまま知らぬふりをするのなら、弁護士に頼んで訴えるつもりと、久美子さんは、怒っている。男女関係は、微妙なものとはいえ、衆人環視のグラウンドで、正義を行う審判員が、女性を甘言《かんげん》で欺すようなことをしていいものであろうか〉

読み進むうちに、工藤の顔から、血の気が引いていった。

「でたらめだよ」

「でも、その女性とは、つき合っていたんだろう？」

「つき合ってはいたが、結婚の約束なんかした覚えはないよ。彼女が、週刊誌の記者にどう話したか知らないがね。顕示欲《けんじよく》の強い女だから、嘘《うそ》をついたんだろう」

「とにかく、審判部長の一条さんは、この記事を読んで、困ったものだといっておられたよ」

「僕が、この記事はでたらめだというよ。わかってもらえるはずだ」

「そうだな。君から直接、話した方がいいかも知れないな」

「話すとも、すぐにね」

工藤は、頭の痛さをこらえて、ベッドからおりた。谷口が、心配して、

「大丈夫なのか？」

「俺《おれ》は、プロ野球が好きなんだ。こんなことで、辞《や》めてたまるか」

と、工藤は、いった。

3

工藤は、頭に包帯を巻いた恰好《かっこう》で、病院を抜《ぬ》け出すと、一条審判部長に会いに出かけた。

一条は、驚いて、工藤を迎え、「大丈夫か？」と、いってくれたが、そのあとで、しきりに、困ったを連発した。

「私は、柳沼久美子という君の女に会って来たが、君を告訴すると息まいていたよ。あれは、どう考えても、マイナスだね。それに、ブルーソックスの安西選手は、記者たちを集めて、審判の権威を高めるために、自分が狙い射ちにされているんだと喋りまくっているよ。君は、何回、彼と衝突したんだ？」

「退場を命じたのは三回、寸前までいったのは二回です」

「五回か。おかげで今や、彼は英雄だよ。審判の不利な判定にも屈せず、敢然《かんぜん》とプレイする若き英雄さ。ファンも、記者も、彼の味方だ」

「あの男は、英雄なんかじゃありませんよ。天狗《てんぐ》になっていて、自分に不利な判定をされると、すぐ、カッとなるわからず屋ですよ」

「まだ、そんなことをいってるのかね」と、一条は、肩をすくめて、

「プロ野球は、ファンあってのもので、ファンは、いつでも、選手の味方なんだ。審判の味方になることは、絶対にないんだよ。バーのホステスとのスキャンダルが流れるような審判には、なおさら味方はしてくれん。そのくらいのことは、君にだって、よくわかっているはずだよ」

そんな一条の態度に、がっかりして、病院に戻ったのは、夜おそくなってからだった。

裏口から入るつもりで、暗がりに足を踏み込んだとき、いきなり、背後から、肩をつかまれた。

はっとして、振り返ったとたん、思いっきり腹を殴られた。瞬間、息が詰って、思わず、身体を、エビのように折り曲げると、今度は、腹を蹴飛《けと》ばされた。相手は、一切《いっさい》、無言である。

大きな男の上、殴り方も馴《な》れていた。何度殴られたかわからない。工藤が動かなくなると、男は、悠々《ゆうゆう》と、立ち去って行った。

工藤は、しばらくして気がつくと、殴られた腹をおさえ、病室に入るのをやめて、這《は》うようにして、自宅のマンションに帰った。

郵便受は、案の定、ブルーソックスや、安西のファンと称する人たちからの抗議の手紙で一杯だった。病院の裏で、工藤を殴った男も、恐らく、安西の熱烈なファンの一人だろう。

工藤は、やたらに腹が立ってきた。毅然《きぜん》としてくれない審判部長にも腹が立つし、スポーツ紙にも、記者たちにも、ファンにも腹が立ってくる。そうした人間たちの甘やかしの上にあぐらをかいている安西に、工藤の腹立たしさが、集中するのも仕方のないことだった。

翌日には、柳沼久美子から、弁護士の名前で内容証明の手紙が届いた。結婚を約束しながら、それを履行《りこう》しないことを理由に、一千万円の補償を要求するというものだった。

工藤は、その手紙を、抗議の手紙とまとめて、洗面器の中で燃やした。赤く炎が吹きあげ、煙が立ちこめるのを見ながら、工藤の顔は、逆に、蒼白《あおじろ》くなっていった。

工藤は、安西という選手を、好きではなかったが、別に、憎んだことはなかった。それは、乱暴なプレイを、ハッスルプレイと勘違いしているようなところがあったが、それは、見る人が見ればわかってくれるだろうと思っていたのだ。

ところが、今度のことで、考え方が変った。熱狂するファンは、安西の乱暴なプレイに、拍手喝采《かっさい》するのだ。審判を突き飛ばせば、その行為にさえ、拍手を送るのだ。それに反して、自分には、ひとりの味方もないという孤独感が、工藤の怒りを増幅させていった。

怒りが、ある程度以上強くなると、工藤は、逆に冷静になっていった。安西に、一方的な拍手を送る観衆の目の前で、彼を殺してやったら、どんなに胸が、すっとするだろう。ふと、そう考えると、工藤は、急に、生き生きした眼になってきた。

4

工藤は、まず、一条に連絡して、出来るだけ早く、現場に復帰したいと告げた。

「安西選手と、またごたごたを起こされるのは困るがね」

と、一条が、心配そうにいう。

「大丈夫です。なごやかにやりますよ。ご心配なら、グラウンドで、彼と握手してもいいですよ」

「まあ、それならいいだろう。考えてみれば、君は、信念に従ってジャッジしただけのことなんだからな」

（今さら、なんだ）

と、思いながら、工藤は、よろしくお願いしますといって、電話を切った。

安西を殺してやりたいが、だからといって、あんな男と心中するのは、ごめんだった。

完全犯罪で、安西を殺してやりたい。それも、大観衆の眼の前でである。

工藤が、ブルーソックスの試合で、再び審判をつとめるようになったのは、三日後だった。

工藤は、つとめて、安西とは摩擦《まさつ》をさけるようにしながら、冷静に、安西のプレイの癖《くせ》を観察した。

バッターボックスに立つと、安西は、必ず、口をくちゃくちゃさせる。大リーグの選手が、嚙《か》み煙草《たばこ》をやっているので、その真似《まね》である。もっとも、嚙み煙草は嫌いなのか、チューインガムで代用している。彼が、CMに出ているK社のガムである。

盗塁のときは、必ず、ヘッドスライディングをする。もちろん、同じ三塁手のピート・ローズの真似である。帽子を飛ばし、猛然とヘッドスライディングする。そのあと、しっかりと、ベースを抱《かか》え込むのだ。工藤の眼から見ると、スマートさに欠けるのだが、結構この動作に、観衆は、拍手喝采なのだ。

守備についている時の安西は、緊張を和《やわ》らげるためだろう、しきりに、指先をなめる。

ハッスルプレイが売り物だから、打てないと、ヘルメットをホームプレートに叩きつけたり、バットを叩きつけて、真っ二つに折ってしまったりする。工藤から見ると、嫌味なのだが、これも、ファンに受けるのだ。

この試合で、工藤は、サードの審判をつとめたのだが、きわどいプレイを、意識して安西に有利に判定してやったし、ブルーソックスも勝ったので、安西も、観衆も満足していた。

帰宅した工藤は、タイマーで撮《と》っておいた試合のビデオを、何回も、見直した。ハプニングを、期待して、殺人計画は立てられない。とすれば、やはり、グラウンド内で示す安西の癖を利用するしかないだろう。

球場を埋めつくす大観衆の眼の前で、ブルーソックスの四番打者が、突然、不可解な死を遂《と》げるのだ。

工藤は、その想像に酔った。グラウンドの主役は、選手たちで、審判は、常に脇役でしかない。審判のファインプレイが、スポーツ新聞の一面を飾《かざ》ることもない。

だが、今度は、工藤の演出した殺人事件が、グラウンド上に現出し、それは恐らく、スポーツ紙の一面を飾るだろう。いや、成功すれば、一般紙の一面だって飾りかねないのだ。

しかし、どうすれば、衆人環視の中で、安西を殺せるだろうか？

工藤が、対戦相手の内野手なら、ヘッドスライディングしてくる安西を殺すのは、意外に簡単かも知れない。タッチするふりをして、どんなことでも出来るからだ。安西は、帽子を飛ばして、頭から滑り込んでくる。硬式の硬いボールで、その無防備な眉間《みけん》を強打しても、はずみで殺せるかも知れない。ケンカで使う鉄のサックを用意しておいて、とっさに取り出して、それで殴ってもいいだろう。折り重なる形でタッチすれば、身体の下で何をやっても、外からは見えにくいからである。

だが、残念ながら、工藤は、審判員であって、選手ではない。もちろん、安西にタッチプレイの出来るわけがなく、彼に出来ることといえば、ベースに何か細工することだけである。

ベースが汚れたりすると、審判員は、さりげなく、靴で軽く蹴《け》ったり、手で叩いたりして、ベースについた泥を落とすことがある。安西が、出塁したとき、次のベースを掃除するふりをして、何か細工できるだろうか？

まさか、コンクリートのベースと取りかえて、ヘッドスライディングする安西の頭をぶつけさせるわけにもいかないし、安西が、ベースを抱きかかえたとたんに、青酸《せいさん》ガスが噴《ふ》き出すようにでも細工できればいいが、そんなことの出来るはずもなかった。

ヘルメットやバットを叩きつける癖も、殺人には、利用できそうにない。

残るのは、打席で、チューインガムを噛む癖である。

安西は、チューインガムを、ユニフォームの尻ポケットに入れている。注意深く見ているが、いつも、K社の「アクアガム」という製品である。CMで、「海の香りがする爽《さわ》やかなガム」といい、その文句を、安西が、大声で叫んでいるやつだ。どこにでも売っているから、手に入れるのは簡単だ。その一枚一枚に、青酸液でも塗っておいて、安西の尻ポケットの中のものとすりかえることが出来れば、彼は勝手に死んでくれるだろう。

幸い、工藤の親戚《しんせき》が下町で鍍金《めっき》工場をやっているので、工業用青酸カリを手に入れるのは、比較的楽だった。時々、遊びに行き、相手の隙《すき》を見て、盗み出した。

五日後に、大阪から戻って来たブルーソックスは、後楽園《こうらくえん》で、シャークスと三連戦を戦うことになった。

工藤は、日曜日のゲームで、二塁の塁審をやることに決まった。

工藤は、近くのスーパーで、K社のアクアガムを買って来て、それに、溶かした青酸液を塗る作業にとりかかった。

問題は、すりかえたガムの始末だった。選手は、イニングごとに、ダグアウトに戻るから、その時に始末することが出来るが、審判は、試合が終るまで、グラウンドに出ずっぱりである。

上手《うま》く安西を毒殺できても、ポケットを調べられたら、その中に、安西のガムが入っていて、工藤が、犯人とわかってしまうだろう。といって、グラウンドの中に、かくす場所はない。

いろいろと考えた末、開き直ってやれと思った。自分も、気を落ち着けるために、時々、アクアガムを噛んでいるのだと、開き直ってやればいいだろう。

日曜日になった。

工藤は、いつもより早目に球場に出かけた。

生まじめな谷口が、もう来ていた。

「あれを見ろよ」

と、谷口は、グラウンドの一角を指さした。

ユニフォーム姿の安西を囲んで、五、六人で、撮影機を回していた。

「例のアクアガムの新しいCMフィルムを撮ってるんだ。子供たちは、アクアガムを食べれば、安西みたいに、ヘッドスライディングが出来ると思うらしい。だから、彼が、ヘッドスライディングするのは、スポンサーの要求なのさ」

谷口が、苦笑しながらいった。

「まあ、これでも口に入れたら」

と、工藤は、別に用意して来た二枚のアクアガムを取り出して、一枚を谷口に渡し、自分も、口にいれた。

「アクアガムじゃないか」

「ああ、気持を鎮《しず》めるために、時々、噛んでいるんだ」

と、工藤はいった。これで、一つの実績を作れたなと思った。

ブルーソックスとシャークスの試合は、六時三十分に始まった。

二回の裏。

ブルーソックスの先頭打者は、四番の安西である。

工藤は、二塁ベースのうしろから、注意深く、バッターボックスの安西を見つめた。相変らず、口をくちゃくちゃ動かしている。今日も、ガムを噛んでいる。

安西は、四球で出塁した。

次の打者が、走者を進めるバッティングをした。二塁方向にゴロが飛び、安西は、例によって、猛然と、二塁に、ヘッドスライディングして来た。

工藤が、セーフのコールをし、安西は、ユニフォームを泥だらけにして立ち上った。

拍手と歓声がわく。

工藤は、そっと近寄って、ユニフォームについた泥をはたいてやるふりをして、彼の尻ポケットの中のガムをすりかえた。思ったより簡単だった。指先も震えなかったし、動悸《どうき》も乱れなかった。

四回の裏に、再び、安西が、バッターボックスに立った。

バットに素振りをくれて、投手を睨《にら》む。

次の瞬間、安西は、突然、その場にしゃがみ込み、けもののように呻《うめ》きながら、のどをかきむしった。

コーチや、選手たちが、駈け寄ってくる。だが、その時には、もう、最後のけいれんが始まっていた。

大観衆の中での殺人は、まんまと成功したのだ。

刑事が来て、当然のことながら、両軍の選手と、審判員が、訊問《じんもん》を受けた。

工藤の番になった。

ポケットから、ガムが出た。が、工藤は、落ち着いて、

「僕も、時々、気分を落ち着けるために、ガムを嚙んでいるんです」

「K社のガムですね」

と、中年の刑事は、手に持ったガムと、工藤の顔を見比べていたが、

「惜《お》しかったですね。工藤さん」

「何のことですか？」

「昨日だったらと思ったからですよ。今日、アクアガムの新しいCMフィルムを撮っていたのをご存じなかったんですか？」

「それは、知っていましたが――」

「それは、新製品のCMだったんですよ。このガムをよくご覧なさい。包装は似ているが、ニューアクアガムと書いてあります。K社は、新製品を一つ持って来て、安西選手に渡して、彼は、それを尻ポケットに入れて、プレイしていたのです。もう一つ、このニューアクアガムは、明日市販なのです。一般には、まだ入手できないのですよ。ここまでいえば、もうおわかりになったと思いますが――」

愛

女のアパートを出たところで、田島《たじま》は、小さな伸びをしてから煙草《たばこ》に火をつけた。バスでシャワーを浴びたはずなのに、まだ、女の体臭がこびりついているような気がしてならない。いい身体《からだ》をしているのだが、体臭の強いのは閉口だと思う。アメリカ人の血が混っているからだろう。それに、やたらに愛情の押し売りをされるのもかなわない。要するにわがままな女なのだ。

(そろそろ、あの女とも別れ時だな)

と、田島は、自分にいい聞かせた。女はいくらでもいるし、その方の自信は強い男だった。

田島が、歩きながら、器用に吸いがらをはじき飛ばしたとき、

「あの――」

と、うしろから、遠慮がちに女の声で呼び止められた。

ふり向くと、あまりさえない三十歳くらいの女が立っていた。顔立ちも派手なところがないし、服装も地味だった。

（典型的なオールドミスタイプだな）

と思ったが、田島は、微笑を浮べて、

「何ですか？」

と、きいた。

「お願いがあるんです」

と、女は、相変らず遠慮がちな声でいった。

「つき合っていただきたいんです」

「貴女《あなた》と？」

何だ、街娼《がいしょう》かと思いながら、田島がきくと、女は、小さくくびを横にふった。

「私じゃありません。妹とつき合っていただきたいんです」

「妹さんと？　なぜ、それを貴女が？」

「妹がここに来られないからですわ」

「どうも、よくわかりませんねえ」

田島は、肩をすくめて見せた。ひょっとすると、この女は、頭がおかしいのではないかとも思ったが、女は、真剣な顔で、

「最初からお話しします」

といった。

「実は、妹は、病気で寝たっきりの生活を続けているんです。可愛《かわい》い娘《こ》なのに、不憫《ふびん》でならないんです。それに、そう長くは生きられないと医者はいいます」

「それで？」

「そんなわけで、妹には、恋人は一人もいません。妹は、あきらめているようですけど、姉の私としては、楽しい思い出の一つぐらい作ってやりたいんです。今のままでは、あまりにも可哀《かわい》そうですもの」

「それで僕に、妹さんとつき合ってくれというんですか？」

「形だけでいいんです。妹に会ってくださいとも申しません」

「会わなくてもいい？」

「はい。ペンフレンドでいいんです。その方が、妹も気が楽でしょうから」

「ペンフレンドねえ」

「もちろん、お願いするんですから、お礼は差し上げます。一週間に一度、妹に手紙を書いてくだされば三万円差し上げます」

「三万円――」

悪くはないし、田島は、金ならいくらでも欲《ほ》しかった。

それに、全く顔を見たこともない女に、愛の手紙を書くというのも、なかなか面白いではないか。ペンフレンドというのが、一体どんなものなのか、経験してみるのも悪くはない。

「承知していただけます？」

と、女がきき、田島がうなずいて見せると、嬉《うれ》しそうに、顔をほころばせた。

「思い切って、声をおかけした甲斐《かい》がありましたわ」

「しかし、きっかけはどうするんです？　いきなり、見ず知らずの僕が、妹さんに手紙を出したら、すぐ、作為《さくい》があるとわかってしまいますよ」

「その点は大丈夫ですわ」

「どうするんです？」

「新聞や雑誌に、読者の投書欄がありますわね。あれへ、妹に投書させようと思っているんです。妹は、そんなことをしたって、車椅子《いす》に坐《すわ》ったきりで歩けない女に、返事をくれるような物好きな人間はいないというんですけど、私は、無理に投書させようと思っています。あなたは、それを見て、妹に返事をくだされぱいいんです。これなら自然で、作為があると妹に気づかれはしないと思いますけど」

「なるほどね」

と、田島はうなずいた。

「それなら上手《うま》くいくでしょうね」

女は、前金だといって、田島に一万円札一枚を渡してから姿を消した。

それから二日して、K新聞の読者欄に、次のような投書がのった。


〈私は、病気で車椅子の生活を送っている二十三歳の娘です。毎日、テレビを見たり、本を読んだりの退屈な生活ですが、自分では、精一杯に生きている積りです。でも、ときどき、孤独に耐え切れなくなって、お友だちが欲しいと思うことがあります。もし、こんな私でも友だちになっていいという方がいらっしゃったら、お手紙をください。返事は必ず差し上げます。

柳原《やぎはら》 京子《きようこ》〉

柳原京子というのは、いつか女が、一万円をくれてから、田島にいった名前であった。田島は、新聞を置くと、机の引出しから便箋《びんせん》を取り出した。

田島は、手紙を書くのは、あまり得意な方ではなかった。それなのに、女の頼みを引き受けたのは、三万円という金の魅力というよりは、秘密めかした行為に、スリルを感じたからだった。

街ですれ違った女に声をかけ、そのままホテルに直行するような生活をしている田島には、手紙の交換というような、ひどくまだるっこしく古風なことが、意外に新鮮な感じがするのである。

田島は、何枚も便箋を無駄にしたあげく、やっと、返事らしきものを書き上げた。

〈貴女の投書を見て、ペンを取る気になりました。僕でよかったら、友だちになってください。僕は二十八歳。少し年をとっていますが、気持の方は、貴女と同じ二十三歳ぐらいの積りでいます。趣味は、ご同様にテレビを見ることぐらいですが、そんなことでも手紙で意見が交換できたらと思っています。

田島　信《まこと》〉

柳原京子からの返事はすぐ届いた。田島は、分厚《ぶあつ》いその手紙を、ベッドに寝転《ねころ》んで読んだ。

〈返事がいただけたのが夢のような気がします〉

という言葉で、その手紙は始まっていた。どんなに嬉しかったか、どんなに希望がわいてきたか、その喜びを、痛々しいまでに書いてあった。

田島は、二度目の手紙を書き、二度目の返事が届けられた。その返事も、田島は、ベッドに寝転んで読んだ。が、三度目の返事は、田島は、ベッドに腰をおろして、二度、繰り返して読んだ。

田島は、柳原京子の手紙の中にある謙虚《けんきょ》さに、心が打たれるのを感じ出していた。彼女は、手紙の中で、一言も、愛してくれと要求はしなかった。それどころか、どんな形の要求も、文面にはない。ただひたすら、田島が手紙をくれることに感謝している。

田島が、今までに付き合った女たちは、誰もが、何かの要求を持ち出した。金をくれといった女もいる。田島の愛し方が足りないとわめいた女もいた。結婚してくれといった女は何人もいた。

だが、柳原京子は、何も要求しようとしない。手紙をもっとくれともいわないのだ。こんな女との付き合いははじめてだったし、田島には新鮮な驚きでさえあった。

四通目の手紙を出したあと、田島は、三万円の金を受け取るために、いつかの女と、喫茶店で会った。

彼女は、いつかの時よりは、いくらかましな服装をしていたが、それでも、相変らずオールドミスの匂《にお》いをさせていた。

「妹が、本当に喜んでいますわ」

と、女は、口元に微笑を浮べて、三万円の入った封筒を、田島に渡した。

「僕も楽しいですよ」

田島は、嘘《うそ》でなくいった。二通目までは、面白半分に手紙を書いていたのだが、三通目からは、書くことが楽しくなっていた。

「一度、妹さんにお会いしたいですね」

「それはいけませんわ」

「なぜです？」

「妹がいやがりますから。車椅子に縛《しば》りつけられている生活を、誰にも見られたくないといっていますから」

「それなら、無理にとはいいませんが、一度会って、話がしてみたいな」

と、これも本当の気持を、田島はいった。

別れしなに、田島が、

「貴女の名前を聞いていませんでしたね」

と、いうと、女は、ちょっと顔を赤らめて、

「文子《ふみこ》です」と、答えた。

「柳原文子です」

平凡な、魅力のない顔立ちにふさわしい平凡な名前だなと、田島は思った。

手紙の交換は続いた。

田島は、少しずつ、確実に、顔を見たこともない柳原京子という娘にひかれていった。自分でも、自分の気持がわからなかった。

田島は、男女の関係はセックスだと信じてきた。精神的な愛情など信じなかった。それなのに、なぜ、柳原京子にひかれるのだろうか。

田島は、もう頼まれて手紙を書くのではなく、自分の意志で手紙を書いていた。そして彼女からの返事がおくれると、いらだち、彼女に何かあったのではあるまいかと不安になった。

(惚《ほ》れたのかな?)

と、田島は、手紙を書きながら、自問自答することが多くなった。

十通目の手紙を書いたあと、田島は、自分が、柳原京子を愛していると感じた。こ

れは同情でなくて愛なのだ。

　喫茶店で、姉の文子に会ったとき、田島は、

「妹さんに、ぜひ、会わせてください」

と、頼んだ。「でも――」と、文子は、当惑した顔になって、

「この間もいったと思いますけど、妹は――」

「車椅子の姿を誰にも見られたくないというんでしょう。だが、僕は、妹さんに会いたいんだ」

「なぜですの？」

「妹さんが好きになったからですよ。愛を感じるようになったからですよ」

「愛――。冗談をおっしゃってるのね？」

「いや。真剣にいっているんです」

「でも、妹は、私と同様に醜《みにく》い顔をしているし、車椅子から立てないんですよ。一生。それでも好きだとおっしゃるの？」

「愛は理屈じゃありません」

「――」

　文子は、しばらくの間、黙《だま》って考え込んでいたが、

「あなたの言葉が本当なら、妹に会わせて差し上げます」

「嘘じゃありません」

「それなら、今夜、アパートに来てください」

と、文子はいった。

田島は、一度、自分のアパートに戻った。

夜になるのが待ち遠しかった。女と会うことに、胸がときめくのは久しぶりのことだった。

時間が来て、外に出ると、まず花屋に寄って、田島は大きな花束を買った。この花束で、柳原京子の車椅子を埋めてやるのだ。

彼女のアパートに着き、「柳原」と表札の出ているドアをノックした。

返事があって、和服姿の文子がドアをあけてくれた。

六畳一間の狭い部屋だった。田島は、車椅子と、柳原京子の姿を探した。

「妹さんは何処《どこ》にいるんです？」

「妹なんかいません」

「いない？」

田島は、きょとんとして、文子の顔を見た。

「いないって、あの手紙は？」

「あれは、私が書いたんです」

「しかし、なぜ、そんなことを——？」

「男の友だちが欲しかったからです。普通にしていたら、私みたいなオールドミスと付き合ってくれる男の人なんか一人もいません。だから、私は——」

彼女の顔は、思いつめたように固く、青ざめていた。

田島は、小さくくびをすくめた。

「だから、あんな手数のかかる真似《まね》をしたというんですか？」

「柳原京子は私です。手紙は私が書いたんです。あなたは、私を好きになってくだすったんでしょう？」

「いや。あんたじゃない」

「私です。あの手紙は私が書いたんです。だから——」

「僕が好きになったのは、車椅子の女なんだ。あんたじゃないんだ」

「柳原京子は私なんです」

彼女は、細いくびを突き出すようにしていった。

「車椅子に縛りつけられている女より、自由に歩き回れる私の方が魅力があるはずです。それなのに、車椅子の女が好きで、どうして私は駄目だとおっしゃるんです?」

「それは――」

と、田島は、後ずさりしながら、乾《かわ》いた声でいった。

「愛というやつは理屈じゃないからですよ」

田島は、ドアをあけて廊下へ出た。

小説マリー・セレスト号の悲劇

1

ニューヨークの冬は寒く、厳《きび》しい。

特に、埠頭《ふとう》は、海から吹きあげてくる風で、凍りつくような寒さだった。

一八七二年十一月のその日も、朝から氷雨《ひさめ》が降り、午後になって晴れたものの、いっそう、寒さが増した感じだ。

マリー・セレスト号の甲板《かんぱん》で、荷役《にやく》作業を見守っていた船長のベンジャミン・S・ブリッグスは、こごえそうになる両手を、何度もこすり合わせた。

積荷は、千七百バーレルのアルコールである。金額にして三万六千九百四十三ドル。ニューヨーク市ビーバー街にあるマイスナー・アッカーマン商会の荷だった。ブリッグスの仕事は、この荷物を、大西洋を横断して、イタリアのゼノアまで運ぶことだった。

三十八歳の若さだが、ブリッグスは、すでに、何度も大西洋を往復していた。ニューヨークから、ヨーロッパまで、二十五、六日の船旅である。

ブリッグスにとって、何の心配もない航海のはずであった。

それなのに、なぜか、今度のゼノア行に限って、暗い予感に襲われる。妙に胸騒ぎがするのだ。何か、恐しいことが起こりそうな気がしてならない。

（ボートのせいだろうか？）

マリー・セレスト号の甲板には、二艘《そう》の救命ボートが積んである。その一艘が、昨日、突然、吊索《つりさく》が外《はず》れて埠頭に落下し、ばらばらにこわれてしまったのだ。

なぜ、吊索が外れたのか、調べたがわからなかった。こんなことは今までにないことだった。新しいボートを積み込む時間はなかったから、救命ボート一艘で出港しなければならない。ボート一艘に収容できる人数は、せいぜい五人だ。もし、遭難ということになれば、この船の半分の乗組員は、海に放り出されることになる。

しかし、と、ブリッグスは、自分にいい聞かせた。別に未知の航海ではないのだ。彼にとって、大西洋航路は、散歩道を歩くようなものだし、マリー・セレスト号は、船歴十年だが、まだ一度も遭難はしていない。

「おい。ブリッグス」

と、埠頭から、潮《しお》焼けした顔の大男が、大声で呼んだ。

親友のモアハウスだった。モアハウスは、デイ・グラチア号の船長で、この船も、同じ埠頭で積荷中だった。雑貨を積んで、マリー・セレスト号より三日おくれて、ジブラルタルに向けて出港することになっていた。

「何だか、浮かない顔をしてるじゃないか」

と、モアハウスが、ブリッグスを見上げていった。

「一緒に飲まないかね?」

と、ブリッグスは、誘った。この滅入《めい》った気持は、酒で発散させるのが一番だろう。幸い、貰《もら》いもののいいスコッチがある。

モアハウスを、船長室に迎えて、ブリッグスは、スコッチをあけた。

大男のモアハウスは、酒も強い。太い指先でコップをつかみ、ぐいぐい飲みながら、

「何か心配ごとがあるのかね?」

「別に理由はないんだが、今度の航海で、何か起きそうな気がしてね」

「君らしくないじゃないか」

と、モアハウスは笑った。確かにその通りなのだ。今まで、ブリッグスは、航海に先立って、一度だって、怯《おび》えを感じたことはなかった。

「今度も、奥さんを連れて行くんだろう?」

モアハウスが、キャビンの隅に置かれたオルガンを見ていった。

「ああ。ゼノアを見たいというんでね」

航海に当って、船長が家族を乗せるのは、一般的な習慣になっていた。モアハウスも、よく夫人を同乗させている。

「心配なので、今度の航海には、サラを連れていくのを止《よ》そうかと思っているんだが」

「そんなことをしたら、奥さんが残念がるぞ。奥さんは、ゼノアが初めてなんだろう？」

「そうなんだ」

サラは、前から、今度のゼノア行を楽しみにしていた。装身具に趣味のあるサラは、ゼノアの金細工店を見るのが楽しみだといっていた。

モアハウスは、キャビンの壁を、大きな拳《こぶし》で、どんと叩《たた》いた。

「この船は、完全修理したばかりだろう？」

「ああ、先月、船材も替え、肋材《ろくざい》板も新しくしたよ」

「保険会社も、この船なら安心して契約しただろう？」

「ああ。検査官が、全てにわたって、良好な状態と認むと、書類に記入してくれたよ」

「副船長のリチャードソンも、信用しているんだろう?」

「彼は腕のいい船乗りだよ」

「じゃあ、心配することは、何もないじゃないか」

と、モアハウスは、ブリッグスの肩を軽く叩いた。そのあと、棚にのせてある年代物の剣を見つけて、手に取った。

「いつ買ったんだい?」

「一週間前に、手に入れたんだ」

と、ブリッグスは、嬉《うれ》しそうにいった。骨董《こっとう》趣味のあるブリッグスは、初めて、笑顔になった。

「柄《つか》のところに、金の十字架がついているだろう。十字軍に参加したイギリスの公爵が使っていたものだそうだ」

「もし、悪魔が出たら、この剣で追い払うさ」

モアハウスが、笑いながらいった。

翌日、マリー・セレスト号は、ニューヨークを出港した。

一八七二年十一月七日早朝である。

2

マリー・セレスト号は、二百八十二トン。全長三十一メートル、幅八メートル、二層甲板で、当時流行の二檣帆船《ブリカテン》だった。

乗組員は、次の十名だった。

船長　ベンジャミン・S・ブリッグス
妻　サラ・エバーソン・カブ・ブリッグス
娘　ソフィア（二歳）
副船長　アルバート・C・リチャードソン
次席航海士　アンドルー・ギーリング
コック　エドワード・ウイリアム・ヘッド
船員　ボルケルク・ロレンツェン
　ボアス・ロレンツェン
　アリアン・ハルベンス
　ゴットリーブ・ゴードスハード

た。

四人の船員は、名前でもわかる通り、ドイツとスカンジナビアからの出稼ぎだった。

副船長のリチャードソンは、この四人をあまり買っていなかったが、ブリッグスは信用していた。確かに、イギリスやアメリカの船員に比《くら》べると鈍重《どんじゆう》な男たちだが、反面、実直で、信頼がおけると考えていたのである。

ニューヨークを出て、すぐ、小さな時化《しけ》に出遇《であ》ったが、その後は、順調な航海が続いた。

ブリッグスが、出港前に感じた不安は、どうやら杞憂《きゆう》に終りそうな気配だった。

信心家のブリッグスは、毎日一回、サラの弾《ひ》く足ぶみ式のオルガンに合わせて、讃《さん》美歌《びか》を歌った。

二歳のソフィアは、船がいくらゆれても、不思議に泣かない子だった。

「お父さんの血を引いた、生れつきの船乗りですよ。お嬢さんは」

と、若い次席航海士のギーリングが、ソフィアの頭をなぜながら、感心したようにいった。

ギーリングは、船主の一人娘と結婚したばかりだった。

「君たちも、早く子供を作ることだ」

と、ブリッグスは笑った。

快適な航海は、その後も続いた。コックのヘッドが作る料理は、いつも美味《うま》かった。リチャードソンは、副船長としての任務を立派に果してくれたし、陽気なギーリングは、いつも、ジョークで笑わせてくれた。

出港してから二週間目の十一月十九日は、サラの誕生日だった。コックのヘッドは、あらかじめ用意してきた小麦粉や卵を使って、夕食の時にバースデイケーキを焼きあげ、ブリッグスは、真珠《しんじゅ》の首飾りを、妻にプレゼントした。

ギーリングが、オルガンを弾き、ハッピー・バースデイの合唱になった。

その頃から、海上に霧が出はじめた。

霧は、どんどん濃くなっていく気配だった。風が止《や》み、船足は、急速に落ちていった。

ブリッグスは、一人だった船首の見張りを二人に増やした。

だが、船長室では、陽気なパーティが続けられた。

ソフィアは、もうベッドで寝てしまっている。シャンパンの栓が抜かれ、サラの健康を祝して、何回も乾杯が行われた。サラは、夫のプレゼントの真珠の首飾りを身につけて、幸福そうだった。

「君は、誕生日が来るたびに、いっそう若く美しくなっていくねえ」

ブリッグスは、そういって、美しい妻に接吻《せつぷん》した。

夫婦は、マサチューセッツの家に、七歳になる長男のマーサーを、祖母に預けてきていた。今日で三十五歳になったサラは、二人の子供がいるとは思えないほど、若々しかった。

「今度、うちの家内《ワイフ》に、いつまでも若々しくいられる秘訣《ひけつ》を教えてやってくれませんか」

と、リチャードソンがいった。

「あなたの奥さんは、あんなにお美しいじゃありませんの」

サラが、笑いながらいった時だった。

突然、何かがぶつかるような音がして、マリー・セレスト号の船体が、大きくゆれた。

テーブルの上のシャンパンのびんが倒れ、床に転《ころ》がり落ちた。ケーキをのせてあった皿が滑《すべ》り落ちて、大きな音を立てて割れた。

ランプがゆらめいて、消えそうになる。

「何があったんだ！」

と、ブリッグスは、甲板に向って怒鳴《どな》った。

3

衝撃は、たった一回しか起きなかった。

ブリッグスは、甲板に飛び出した。リチャードソンとギーリングが、その後に続いた。

霧は、前よりもいっそう、濃くなっている。ミルク色の霧が、マリー・セレスト号を押し包み、数メートル先も、さだかに見えない有様《ありさま》だった。風は完全に止まり、二枚の帆は、重くたれ下っている。

船首附近さえ、霧に蔽《おお》われてしまっている。

「何か見たか！」

と、ブリッグスが、大声できくと、

「何も見ません！」

というハルベンスの声が、霧の中から返って来た。

だが、何かが船体にぶつかったのだ。船だろうか。

「霧笛《むてき》を鳴らしてみろ」

ブリッグスが命じ、ギーリングが、続けて数回、霧笛を鳴らした。

もし、衝突したのが船なら、当然、向うも霧笛を鳴らすはずだった。

ブリッグスは、耳をすませた。が、いつまでたっても、眼の前に広がる濃霧の中から、何も聞こえて来ない。

「流木でもぶつかったんじゃありませんか？」

と、リチャードソンがいった。

材木運搬中の船が、木材を落とすこともあるし、嵐にあって、折れたマストが海に落ち、それが流れて来て、ぶつかることもある。

もし、流木がぶつかったのなら、船底が破損したことも考えられた。

「調べてみよう」

ブリッグスは、リチャードソンを連れて、船倉《せんそう》へおりてみた。アルコールを詰めた樽が並んでいる。

幸い、船倉に傷口はなかったし、浸水もしていなかった。

ブリッグスが、ほっとした時、上のキャビンで、サラの叫び声が聞こえた。

ブリッグスは、一瞬、リチャードソンと顔を見合わせてから、キャビンに駈《か》け上った。

便所《トイレ》のドアが開き、サラが、蒼《あお》い顔で中を指さしている。

便所の壁についている丸い舷窓《げんそう》のガラスが、粉々に砕《くだ》け散っているのだ。さっきの衝撃で、砕けたらしい。

ブリッグスは、床に落ちた破片を拾い集めながら、首をかしげた。

流木がぶつかったのなら、高いところにある舷窓がこわれるはずがない。他の船がぶつかったのなら、船長室の窓もこわれるのではあるまいか。

マリー・セレスト号には、舷窓が六つある。船首、便所、副船長室、調理室に一つずつと、船長室に二つである。念のために、他の窓を調べてみたが、こわれてはいなかった。

「便所の窓ガラスに、ひびが入っていたんじゃありませんかね」と、リチャードソンがいった。

「それで、流木が当ったショックで、ガラスが割れたのかも知れません」

「今度の航海に当って、全てのガラスを入れ替えたことは、君も知っているはずだ」

「そうでしたね」

リチャードソンも、首をかしげてしまった。

「とにかく、応急措置として、板を打ちつけておこう」

ブリッグスは、コックのヘッドに板を持って来させた。

「私がやりましょう」

と、ヘッドはいい、窓のところに近づいたが、急に、顔色を変えて、ブリッグスを振り向いた。

「どうしたんだ？　ヘッド君」

「これ、血じゃないですか？」

ヘッドが、窓を指さした。

ガラスのギザギザが残った窓枠のところに、べったりと、赤いものが附着しているのだ。

（血だ）

と、ブリッグスも思った。

赤いものは、彼の見ている前で、ぽとぽと床に向って、したたり落ちた。

「窓ガラスで、指を切ったんじゃないのかね？」

と、ブリッグスは、妻を見た。

サラは、首を横に振り、自分の手を広げて見せた。確かに、傷はない。

ブリッグスは、顔を舷窓に近づけた。赤いものを、指先ですくってみた。粘《ねば》りつくような感触は、間違いなく血だった。しかも、多量の血だ。まだ、床に向って、ぼたぼたと、したたり落ちている。

船乗りは、縁起《えんぎ》をかつぐ者が多い。船霊《ふなだま》の存在を信じる者がほとんどだし、海にまつわるさまざまな伝説を、そのまま信じている。

舷窓についていた血のことは、たちまち、船員たちが知り、一様《いちよう》に怯えた眼つきになった。

ブリッグスは、素早く手を打つ必要を感じた。怯えた船員ほど扱いにくいものはない。それでなくても、四人の船員は、外国人なのだ。

ブリッグスは、白いハンカチを自分の左手に巻きつけ、赤インクを、それにしみこませた。四人の船員たちには、何かが船にぶつかった時、左手を便所の舷窓に当ててガラスを割ってしまったのだといった。

船員たちが、ブリッグスの言葉を信じたかどうかわからない。どの顔も、いぶかしげだったから、半信半疑だったろう。一応は、船員たちを納得させたものの、舷窓についた血が何なのかという謎は、いぜんとして残ってしまった。

「とにかく、薄気味悪いこの霧の中から、一刻も早く脱出したいものだ」

と、ブリッグスはいった。

だが、乳白色の霧は、なかなか晴れず、風が、ぴたりと止んだままだった。マリー・セレスト号は、いたずらに、波にゆられているだけである。

ヘッドが怯えてしまっているので、ブリッグスが、タオルで、窓枠についた血を拭《ふ》きとり、板を打ちつけた。血で真っ赤に染まったタオルは、海へ投げ捨てた。

海面が、急速に暗くなっていく。夜が来たのだ。

無風状態は、もうしばらく続くと覚悟しなければなるまい。

「明日に備《そな》えて、休んでおこう」

ブリッグスは、船員たちも、交代で眠るようにいい、自分は、甲板に出てみた。

生あたたかい、奇妙な夜だった。空を見上げても、星が見えない。まだ、霧が深いらしい。

動かない帆船ほど、惨《みじ》めなものはない。

煙草《たばこ》の火が近づいて来た。副船長のリチャードソンだった。

「完全な無風地帯に入ってしまいましたね」

と、リチャードソンが、ブリッグスの横に並んで溜息《ためいき》をついた。

「下手《へた》をすると、二、三日は続くかも知れん」

ブリッグスは、初めての経験ではなかった。一週間も、無風状態の中で過ごしたこともある。濃霧に襲われたことも初めてではない。だが、舷窓の一つが割れ、そこに、べっとりと血がついていたという経験は、生れて初めてだった。

「海鳥がぶつかったんじゃないでしょうか？」

と、リチャードソンが、暗い海を見つめながらいった。

「この濃霧です。あほう鳥が、方向感覚を失って、マリー・セレスト号にぶつかってきたとしても、おかしくはありません。あほう鳥の堅い口ばしなら、舷窓のガラスは割れるでしょうし、首を突っ込んだとき、ガラスの破片で、あほう鳥の身体《からだ》が切れて血が流れたことだって、十分に考えられます。あほう鳥はそのまま海に落ちたか、それとも、あわてて飛び去ったか。これで、説明がつくんじゃありませんか？」

「海鳥のことは、私も考えたよ。この霧だ。ぶつかってもおかしくはない。だがねえ。あほう鳥が一羽、舷窓にぶつかったくらいで、あんな強い衝撃を受けるだろうか？　それにもう一つ。海鳥が首を突っ込んで、血が流れるほど傷ついたのなら、羽《う》毛《もう》の二、三枚は、あそこに落ちていなければおかしいんじゃないだろうか」

「しかし、海鳥でないとすると、他に何が考えられるでしょうか？」

「何も考えつかんよ」

ブリッグスは、答えを見つけようとするかのように、闇を見つめた。眼の前の闇の中に、何か恐しい物の怪《もの け》がいるような気もしてくる。それは、巨大な亡霊の形をしており、その片手が、便所の舷窓を打ち破ったのではないのか。

そんな馬鹿げたことまで考えたくなるほど、目の前の闇は、濃く深かった。

4

ゆっくりと、夜が明けていく。

それにつれて、船を押し包んでいた濃い霧は、少しずつ消えていったが、代りに、しとしとと、小雨が降り出した。

仮眠をとったブリッグスは、朱《あか》い眼で、キャビンから甲板へ出た。

(風が出てくれ)

と、祈るように空を見上げた。

どんよりとした雨雲が、頭上を蔽っている。湿った空気が、海上に立ち籠《こ》めている。

だが、風はない。

二枚の帆は、相変らず、重くたれ下ったたままだ。

(風さえ出てくれたら)

と、ブリッグスは思った。そうしたら、このいまいましい海域から脱出できるのだ。

マリー・セレスト号は、立ち往生したように、動かない。

船長室での朝食も、重苦しいものになった。

話題を、なるたけ明るい方へ持って行こうとするのだが、かえって、ぎこちなくなり、黙りこくってしまうことが多くなった。

「まさか、われわれは、サルガッソの海に閉じ込められてしまったんじゃあるまいな」

ふいに、ギーリングが、呟《つぶや》いた。

サルガッソの海とは、サルガッスムという海草が漂《ただよ》い浮かんでいる海という意味である。大西洋西部には、この海草が多く見られるが、ただ単に、それだけの意味ではなく、風の消えた海で、サルガッスムに巻き込まれて、脱出できなくなった船の墓場の意味もあった。

「馬鹿をいうな！」

とブリッグスが、拳でテーブルを叩いた。彼も、癇《かん》が高ぶっていた。

リチャードソンも、強い眼で、ギーリングを睨《にら》んで、

「もう、サルガッソの海は通過したはずだよ」

「あッ」

と、突然、サラが声をあげた。

「どうしたんだ？」

ブリッグスがきく。

「今、甲板の方で、誰かの叫び声がしたような気がしたんですけど」

サラが、蒼《あお》い顔でいった。

「今、甲板には、誰がいるんだ？」

ブリッグスは、リチャードソンを見た。

「ロレンツェンの弟の方が、見張りに立っています」

と、リチャードソンが、答えたとたん、甲板で、鋭《するど》い銃声が起きた。

テーブルについていたブリッグスたちが、思わず、腰を浮かした。

続いて、また一発。

ブリッグスたちは、いっせいに、キャビンを飛び出した。

小雨が、まだ降り続いている。

船首の方で、レインコートを着たボルケルク・ロレンツェンが、右舷《うげん》の海めがけて、興奮して、拳銃《けんじゅう》を発射していた。

一発、また一発。

リチャードソンが、走って行って、ボルケルクの腕をつかんだ。

「止めろ！　どうしたんだ！」

リチャードソンが怒鳴る。若いボルケルクは、真っ青な顔で、わなわなふるえているばかりで、何もいおうとしない。

リチャードソンは、相手の手から拳銃をもぎり取ると、平手で、ボルケルクの頬《ほお》を叩いた。

「しっかりするんだ。おい！」

「――――」

ボルケルクは、ぼんやりした眼で、自分を見つめているリチャードソンやブリッグスを見廻《みまわ》していたが、突然、大声で泣き始めた。

「熱があります」と、リチャードソンが、ブリッグスにいった。

「大変な熱です」

「すぐ、寝かせてやれ！」

と、ブリッグスはいった。

ボルケルクは、兄のボアス・ロレンツェンに抱《かか》えられて、キャビンに運ばれ、ベッドに寝かされた。

濡《ぬ》れたタオルを頭にのせても、すぐ乾《かわ》いてしまうような高熱だった。

時々、身もだえし、ドイツ語で、何か叫んだ。

「何といっているんだね？」

ブリッグスは、ボアスにきいた。

「恐しい、助けてくれ、といっています」

ボアスは、訛《なま》りのある英語で答えた。

「何が恐しいというんだ？」

「わかりません。しかし、冷静な弟が、こんなに高熱を出し、うわ言をくり返すところをみると、よっぽど怖いものを見たに違いありません」

（いったい、何を見たというんだ？）

ブリッグスは、ボルケルクが持っていたピストルを取って、もう一度、甲板に出た。

ボルケルクは、四発射《う》っていた。右舷の海に、いったい何を見たのだろうか？

海面は、小雨に煙《けぶ》っている。

ブリッグスは、ピストルを片手に、じっと、海面を凝視した。

体長三十メートルもある海蛇を見たという船員の話を、ブリッグスは聞いたことがあるし、大西洋に、そうした巨大な海獣が棲《す》んでいると信じている船員は、沢山《たくさん》いる。

ボルケルクは、巨大な海蛇でも見たのだろうか？

昼を過ぎても、ボルケルクの熱は、いっこうに下らなかった。食物は受けつけず、衰弱していくのが眼に見える感じだった。

他の船員たちは、ボルケルクは、この海で死んだ人間たちの亡霊にとりつかれたのだといい出した。ボルケルクだけではない。このマリー・セレスト号も、呪《のろ》われているのではないかといい出した。舷窓についていた血がその証拠だというのだ。

「馬鹿なことをいうな！」

と、ブリッグスは、叱《しか》りつけた。が、このままの状態では、彼らの不安を和《やわ》らげることは、出来そうもない。

一番いいのは、一刻も早く、この薄気味の悪い海域から脱《ぬ》け出すことだ。

しかし、夕方になっても、風は死んだままだった。

（嵐でもいい。風よ。吹いてくれ）

と、ブリッグスは、神に祈った。しかし、そんなブリッグスの焦燥《しょうそう》をあざ笑うように、風は生れず、マリー・セレスト号は、同じ海域に、とどまったままだった。

夕食の時も、ブリッグスは、神に祈った。

サラは、表面は、笑顔を見せているが、ヒステリー気味になっている。二歳のソフィアだけが、無邪気に騒いでいた。

サラは、ちょっとフォークを動かしただけで、食事を止めてしまった。食欲がないのだという。

「食べた方がいいんだが」

と、ブリッグスはいいかけて、ふと、耳をすませた。波の音を聞いたような気がしたからだった。無風で、このマリー・セレスト号は、動けず、漂っているだけだ。とすると、あの波の音は、いったい何だろう？

「ちょっと見てくる」

と、サラにいって、ブリッグスが椅子《いす》から立ち上った時だった。

船体が、突然、強い衝撃を受けて、大きくゆれた。

続いて、ばり、ばりッと激しい音を立てて、船長室にある二つの舷窓のガラスが、砕けた。その破片が、床に、雨のように降ってきた。

「きゃあッ」

と、サラが、ヒステリックな悲鳴をあげた。

ソフィアが、火がついたように泣き出した。

ブリッグスは、テーブルの上のピストルを引っつかむと、窓に走り寄り、割れたガラスを足で踏みながら、海に眼を走らせた。

雨の降り続く暗い海。その暗い海が、時々、ぼうッと光った。あれは、夜光虫《やこうちゅう》だろうか？

甲板を見に行ったリチャードソンと、ギーリングが戻って来た。

「どうだったね？」

と、ブリッグスは、リチャードソンにきいた。

「見張りに立っていたゴードスハードは、突然、船体がゆれたので、あわててマストにしがみついたが、何も見なかったといっています」

「しかし、何かが、この船にぶつかってきたことは確かなんだ」

ブリッグスは、いらいらした声を出した。

それも、流木なんかではないことは、もはや、はっきりしている。他の船でもない。何か、得体の知れぬものが、マリー・セレスト号にぶつかり、船長室の二つの窓ガラスを粉々に砕いたのだ。

ブリッグスは、小雨が吹き込んでくる窓を、仔細《しさい》に点検した。便所の窓のように、血がついてはいなかった。

板で、窓はふさぐことにした。うす暗く、うっとうしくなってしまうが仕方がない。

船のゆれには、あんなに平気だったソフィアが、すっかり怯えてしまった。小さな音で、すぐ泣き出すようになった。母親のサラも、ヒステリックになっている。

ボルケルクの高熱は、なかなか、下る気配が見えない。このままだと、衰弱死もしかねなかった。

「弟を助けて下さい」

と、兄のボアスが、ブリッグスに向って、嘆願した。

しかし、医者の心得のあるリチャードソンにも、ボルケルクの発熱の原因はわからなかった。

「風が出るように祈ってくれ」

ブリッグスは、そういうより仕方がなかった。風が出て、この海域から脱け出せれば、ボルケルクの熱も下るに違いないと、ブリッグスは信じていた。

ブリッグスは、信心深かったが、迷信家ではなかった。その彼さえ、今や、この近くの海域に、何か巨大な生物がいて、マリー・セレスト号を挑発しているとしか思えなかった。

ブリッグスは、全員に銃を持たせることにした。

見張りも、常時二人にし、海面に何か異常を認めた時は、一人で処理しようとせず、銃を一発射って他の者に知らせることを指示した。ボルケルクが、意識不明でいる現在、ブリッグス自身も、見張りに立つことにした。

全て、この海域を出るまでの我慢だった。

午前二時から、ブリッグス自身が、ギーリングと見張りに立った。

ブリッグスは、六連発のピストルを携帯し、ギーリングは、愛用の猟銃を持っていた。

雨は止み、ぶ厚く空を蔽っていた雲が切れて、星のまたたくのが見えたが、肝心の風はいっこうに生れる気配がない。

「これでもう、四十八時間、無風状態が続いていますね」

ギーリングが、溜息をついた。

「いや、五十六時間だ」

ブリッグスは、夜の海を睨んだ。

「ソフィアは、どうですか？」

「やっと眠ってくれたよ」

「それは良かったですね。これで、風が出てくれればいいんですが」

「この海に、何がいると思うね？　ボルケルクが、何を見たと思うね？」

「巨大な海蛇かも知れません。セントラル・アメリカ号の船長が、三カ月前に、この辺りの海で、全長三、四十メートルの巨大な海蛇を目撃したということですから」

「その話なら、私も聞いたよ。だが、もし、この船を襲ったのが海蛇なら、なぜ、舷窓ばかり狙うのだろう？」

「舷窓が割られたのは、二度とも夜です。しかも暗い夜でした。そんな暗さの中で、明りの洩《も》れる丸窓は、海蛇にとって、巨大な生物の光る眼に見えたんじゃないでしょうか？」

「なるほどな。しかし、便所の舷窓についていた血は真っ赤だったよ。海蛇の血は、赤かったかな？」

「さあ」

ギーリングは、首をかしげた。彼は、まだ、巨大な海蛇に出遇ったことがなかった。これからだって、出遇いたくない。

「船尾の方を見て来ます」

ギーリングは、猟銃を持って、船尾の方へ歩いて行った。

ブリッグスは、ひとりになると、もう一度、ピストルに、六発の弾丸が詰っているのを確認した。

船尾の方で、ギーリングが口笛をふくのが聞こえた。多分、自分を勇気づけるために、ふいているのだろうが、彼の口笛で、ブリッグスの方も、勇気づけられた。それに、あの口笛が聞こえている限り、何事もないのだとわかるのが有難《ありがた》かった。

ブリッグスは、ピストルを腰に差し込み、煙草をくわえた。

カンテラの火で、煙草に火をつけようとした時、突然、船尾の方で、ギーリングの悲鳴が聞こえた。

「ぎゃあッ」

という、絶叫だった。

続いて、水音がした。

ブリッグスは、ピストルを右手につかんで、船尾に向って走った。

ギーリングは、消えてしまっていた。ギーリングも、彼が愛用していた猟銃も。

5

新しい恐怖が、船全体を支配した。

船員たちの中で、一番年長のハルベンスは、この船は呪われている、このままでは、全員が殺されてしまう、だから、ボートに乗って脱出しようといい出した。

「馬鹿なことをいうな」と、ブリッグスは、船員たちを叱りつけた。

「ここは、大西洋の真ん中なんだ。オールを漕《こ》いで、どこまで行けると思うんだ？」

「しかし、このままじゃあ、みんな死んじまうぞ」

「ギーリングは、足を踏み滑らせて落ちたんだ」

「誰が、そんな話を信じるかね」

ハルベンスは、声を荒らげていった。

悪いことに、夜明け近くなって、ボルケルク・ロレンツェンが、意識を取り戻さないまま、息を引き取ってしまった。まだ十九歳の若さだった。

残った三人の船員は、殺気だって、ブリッグスに、ボートをおろすことを要求した。

「しかし、この救命ボートには、五人しか乗れないんだ」

と、ブリッグスは、三人の船員にいった。

「じゃあ、おれたち三人が乗るさ。あんたたち、お偉方《えらがた》は、この呪われたマリー・セレスト号に残りたいらしいからな」

ハルベンスが、いい返した。

三人の船員がいなくなってしまったら、ギーリングのいなくなってしまった今、ブリッグスとリチャードソンの二人だけで、この船を動かすのは、難しくなってしまう。

「ボルケルク・ロレンツェンの遺体を水葬にする間は、ボートをおろさんでくれ。君たちの仲間なんだからな」

ブリッグスのその要求だけは、受け入れられた。

陽《ひ》が昇ってから、甲板で、ボルケルクの葬儀が行われた。

遺体は、即製の棺《ひつぎ》に納められた。ブリッグスが、聖書を手に、弔辞《ちょうじ》を述《の》べた。

「主よ。

この若者は、誰よりも主を信じ、海を愛しておりました。

不運にも、若者は――」

ブリッグスが、弔辞を口にしている間も、ゴードスハードは、ボートに積み込む羅《ら》針盤《しんばん》や、バケツや、斧《おの》などを、キャビンから運び出していた。

ブリッグスが、そんなゴードスハードの姿を、咎《とが》めるように見た時、彼の頬《ほお》に、生あたたかいものが触れた。

風だった。

南の温かい風だ。

ブリッグスは、弔辞を途中で止めて、マストを見上げた。

生気を失って、だらりとたれ下っていた帆が、かすかだが、ふくらみを見せ始めている。そのうちに、ばた、ばたと鳴りだした。

「風だ！」

と、思わず、ブリッグスは、大声で叫んだ。

「風が吹き出したぞ！」

その声に、全員がいっせいにマストを見上げた。

三人の船員は、自分たちを引き止めるために、ブリッグスが嘘《うそ》をついたのではあるまいかと、半信半疑の顔つきだったが、その顔にも、南の風が、次第《しだい》に強く当り始めた。

「風だ！」

と、ゴードスハードが、ボートにのせようと持ち出したバケツを放り出して、叫び声をあげた。この海域から逃げ出せるのなら、なにも、救命ボートで脱出する必要はなくなるのだ。

死んでいたマリー・セレスト号は、四日ぶりに生き返った。

二枚の帆は、強い南の風を受けて大きくふくらんだ。

青い海と、青い空も、戻ってきた。見なれた、母のように温かい海が蘇《よみがえ》ったのだ。

マリー・セレスト号は、時速九ノットの快適なスピードで、走り出した。

「走れ！　走れ！」

と、船員たちは、甲板に立って、合唱を始めた。一刻も早く、恐しい海域から脱出したかったのだ。

夕方には、百キロ近く東へ移動していた。

「風は、ますます強くなっていきます」

夕食のあとで、リチャードソンが、ブリッグスに報告した。

「ハリケーンが、近づいているのか?」

「気圧計は、どんどん下っています。確実に、ハリケーンが近づいています。帆を下ろして、ハリケーンが通過するのを待った方が賢明です」

「そうしよう」

と、ブリッグスは決断した。

だが、三人の船員は、反対した。彼等には、ハリケーンより、ボルケルクを狂死させ、ギーリングを海に引きずり込んだ怪物の方が怖かったのだ。

「帆を下ろして、そのすきに、追いつかれたらどうするんだ?」

と、ハルベンスは、ブリッグスに喰《く》ってかかった。

彼等が、いい争っているうちにも、風は、ますます強さを増した。風は唸《うな》り声をあげ、マストはきしみ、吊索は、かたかたと鳴った。

マリー・セレスト号は、突っ走る。だが、海も荒れてきた。水しぶきが甲板を洗い、船体が、ぎしぎしと悲鳴をあげはじめた。

もはや、甲板に出て、帆を下ろせる状態ではなくなってしまった。甲板に出たとたんに、吹き飛ばされてしまうだろう。

マリー・セレスト号は、木の葉のようにゆれた。棚から物が落ち、テーブルは引っくり返り、板を打ちつけた舷窓からは、容赦《ようしゃ》なく海水が飛び込んできた。ベッドは、たちまち海水で、びしょ濡れになった。

十二時間近く、マリー・セレスト号は、ハリケーンに弄《もてあそ》ばれた。

夜明けと共に、ようやく風はおさまってきた。

ブリッグスは、甲板に出てみた。

小さな前帆《ジブ》は、どうにか無事だったが、メイン・セールは、ずたずたに引き裂かれてしまい、帆としての用をなさなくなってしまっていた。

マリー・セレスト号は、小さなジブだけで、老人のように、よろめきながら走っている。

それでも、船員たちは、魔の海を脱出できたというので、意外に陽気だった。

ブリッグスは、船の現在位置を調べた。アゾレス群島の西数十キロの地点にいることだけは確かだった。メイン・セールは、用をなさなくなったが、ジブだけでも、三、四ノットは出るだろう。ゼノアに着くのは、大幅におくれても、食糧も、水も十分にある。やむを得なければ、イギリスのロンドンに寄って、船を修理してから、ゼノアに向ってもいいのだ。

とにかく、船内を片付けなければならない。濡れたベッドは、甲板に運び出して乾かし、船底にたまった海水を、汲《く》み出す作業が始まった。

作業は、夕方には終った。船底には、汲み出しきれない海水が、十二、三センチの深さで残ってしまったが、航海に支障になるようなものではなかった。

夕食の時、ブリッグスは、神に感謝する言葉を口にした。二人の犠牲者を出したが、どうにか無事に、ここまで来られたからだった。

「――今後も、主よ

われわれを、お守り下さい」

と、ブリッグスが、いい終らないうちだった。

甲板で、鋭い銃声が聞こえた。

見張りに立っているハルベンスが射ったのだ。

魔の海域は脱出したという意識があったので、ブリッグスは、ハルベンスが、海鳥でも射ったのだろうと思い、軽く舌打ちした。

だが、同じテーブルについていたサラが、

「何か音がするわ」

と、いった。

ブリッグスも耳をすました。確かに、海鳴りのような音が聞こえる。ど、どどッという不気味《ぶきみ》な音だ。

ブリッグスは、リチャードソンを促《うなが》して、甲板に出てみた。

コックのヘッドや、ゴードスハードも、甲板に出て来た。

青白い月の光が、甲板と、海を照らしている。

ハルベンスの姿は、甲板のどこにも見当らなかった。

「ハルベンス！」

と、ブリッグスは、怒鳴った。だが、答えはなかった。

その時、コックのヘッドが、

「船長！　見て下さい！」

と、右舷の海面を指さした。

月明りに照らされて、いっそう、青く見える海面が、数メートルの範囲で、白く泡立っている。まるで、巨大な生物が、急速に潜水したために生れた気泡のように見えた。

ゴードスハードが、身体を海にのり出すようにして、カンテラを、差し出した。

「血だ！」

と、リチャードソンが、押し殺したような声でいった。

泡立つ海面に、小さな赤い輪が見えたと思うと、それは、たちまち大きく広がっていった。

6

今や、明らかだった。

あの無風状態の中で、舷窓を打ち破り、二人の命を奪った怪物は、マリー・セレスト号がハリケーンにほんろうされている間も、船の傍《そば》を離れず、ずっと、つけて来ていたのだ。

小さな前帆《ジブ》しかなくなってしまったマリー・セレスト号では、怪物から逃げられはしない。

ボアス・ロレンツェンは、泡立つ海面に向って、ピストルを乱射した。だが、弾丸は、空《むな》しく海に消え、海は、いつもの平静さを取り戻した。

しかし、海面に広がった赤い血は、なかなか消えようとしなかった。

「ハルベンスは、海蛇に食い殺されちまったんだ」

ゴードスハードが、声をふるわせた。

「そんなはずはない」

と、ブリッグスは、叱りつけるようにいったが、自分の声に、力がないのが、よくわかった。

海蛇かどうかわからないが、巨大な生物が、マリー・セレスト号の近くにいることだけは確かだからだ。

しかし、なぜ、そいつは、この船と一緒に移動しているのだろうか？

そいつの棲んでいた海域で、何か異変が起き、安住の地を求めて、東に向って大西洋を移動しているのだろうか。

この船を、襲うのは、この船が、そいつの眼に、自分に敵対する巨大な生物に見えるからなのか。

もう、ゼノアでなくても良かった。アゾレス群島の一つの島でも、イギリスの西海岸でもいい、早くどこかの港に入りたかった。

だが、そんなブリッグスのいらだちを嘲笑《ちょうしょう》するかのように、夜に入ると、ぴたりと風が止まってしまった。マリー・セレスト号は、また死んだように動かなくなってしまった。

夜が明けると、二人の船員と、救命ボートが消えていた。コックのヘッドも、姿を消していた。

三人は、ボートに乗って、逃げたのだ。

アゾレス群島まで、オールで漕《こ》いで、たどり着く気なのだろう。

「裏切者め！」

と、リチャードソンが、海に向って、吐き捨てるようにいった。だが、風が出てくれなくては、ボートに追いつけないし、追いついたところで、どうしようもないだろう。

午後になると、少し風が出て来た。マリー・セレスト号は、よたよたと走り出した。

船員たちがいなくなってしまった船内では、船長のブリッグスと、副船長のリチャードソンが、交互に、舵輪《だりん》を握った。コックも消えてしまったので、サラが、ソフィアを寝かせて、食事を作った。

午後三時頃、舵輪を握っていたリチャードソンが、「船長！」と、大声で、ベッドで仮眠をとっていたブリッグスを呼んだ。

ブリッグスが、急いで起き上ると、

「ボートです」

と、リチャードソンが、海面を指さした。

船員二人と、コックが乗って逃げた救命ボートが、十二、三メートル離れた海面に、漂っているのが見えた。

オールがなくなり、舳先《へさき》のこわれたボートにはコックのヘッドだけが、仰向《あおむ》けに横たわっている。

「ボートに近づけてくれ」

と、リチャードソンにいっておいて、ブリッグスは、甲板に出た。

マリー・セレスト号が、ゆっくりボートに近づいていく。ブリッグスは、両手で、メガホンを作り、

「おーい。ヘッド！　おーい。エドワード！」

と、ボートに向って叫んだ。だが、ボートの上に横たわっているヘッドは、ぴくりとも動かない。

マリー・セレスト号が、ボートに横づけされると、ブリッグスは、ロープを投げ、ボートへおりて行った。

コックのヘッドは、すでに息が絶えていたが、両眼は、かッと見ひらかれたままだった。なにか、とてつもなく恐しいものでも見たのだろう。恐怖が、顔に貼《は》りついている。

ボートの底には、かなり多量の血溜《ちだま》りができていた。強い陽差しの中で、その血溜りがむっとするように匂《にお》っている。

ブリッグスは、ヘッドの開いた眼を閉ざし、聖書の一節を口ずさみながら、遺体を海に沈めた。

そのあと、ボートをロープに結びつけてから、マリー・セレスト号に戻った。

「三人とも死んだんですか？」

と、サラが、蒼白い顔できいた。

「コックの死体はあった。他の二人は、まだわからないよ」

ブリッグスは、サラがこれ以上怯えるのを恐れて、血溜りのことは、いわなかった。しかし、コックの死だけでも、サラは、十分にこたえたようだった。どんなに海が荒れても酔わない彼女が、急に胸をおさえて、何回も吐いた。

ブリッグスは、サラを無理に寝かせてから、舵《かじ》を取っているリチャードソンのところに足を運んだ。

「やはり怪物にやられたんですか？」

と、リチャードソンが、舵輪を握りしめたまま、ブリッグスにきいた。

「他に考えられないね。ボートは、血で汚れている。コックのヘッドには外傷がなかったから、あまりにも恐しいものを見たので、心臓麻痺《まひ》に襲われたのだと思う」

「奴は、次に、残ったわれわれを襲うつもりでしょうか？」

「もう、どこか遠くへ消えてしまってくれていたらと祈っているんだが――」

と、ブリッグスは、いった。

しかし、夜に入ると、それが、はかない願いだということを、否応《いやおう》なしに知らされた。

突然、マリー・セレスト号の船体が、大きく揺れはじめたのだ。それだけではない。右舷側に、がりがりと、何か堅いものをこすりつけるような音がしはじめた。
五、六分も、船体が揺れていたかと思うと、ふいに、それが止む。ほっとしていると、また、がりがりと音を立てて、揺れはじめるのだ。
巨大な生物が、その身体をマリー・セレスト号にこすりつけているのだ。

ソフィアが火がついたように泣き出し、サラは、彼女を抱きかかえ、床に座り込んでしまった。

ブリッグスは、ピストルをつかんで甲板に飛び出すと、夜の暗い海面に向って、続けざまに射ち込んだ。一発、二発、三発——

ふいに、眼の前の海面が、大きく盛りあがった。射つのを忘れ、呆然《ぼうぜん》と見守っているうちに小山のような黒い影が、海面に浮び上った。

それは、巨大な怪物の背中のようにも、頭部のようにも見えた。

ブリッグスが、あわてて、ピストルを向けて引金をひいたとたん、海面に現われていた小山のようなものが、急速に沈んでいった。あとには、泡立つ海面が残った。

ブリッグスは、しばらくの間、海面を見すえていた。暗くて、はっきりとはわからなかったが、あれは、絶対に、サメでも、鯨《くじら》でもない。もっと恐しい何かだ。

キャビンに戻ると、リチャードソンが、調理場の窓が、また割られたと告げた。調理場の床に、前と同じように、ガラスの破片が散乱している。

二歳のソフィアは、熱を出してぐったりとしてしまった。母親のサラも、ノイローゼ気味になってしまい、ちょっとした音を聞くと、びくッとふるえてしまう。

ブリッグスは、何とかしなければならないと思った。だが、あの巨大な怪物を眼の前にして、何が出来るだろうか？

夜が明けるまでに、相手は、また、マリー・セレスト号に身体をこすりつけて、揺すぶった。まるで、猫が、鼠《ねずみ》をからかっているようなやり方だった。

陽が昇ると、海は静かになった。が、怪物が、引き退《さが》ったのでないことはわかっていた。どこかで、じっとこちらを監視しているに違いないのだ。

ブリッグスは、望遠鏡を持って甲板に出ると、周囲の海面を眺め廻《まわ》した。

マリー・セレスト号は、約三ノットのゆっくりしたスピードで、北東に向って進んでいる。コバルト・ブルーの海は、何事もなかったように、静まり返っていた。

ブリッグスの望遠鏡を持つ手が、ふと、止まった。

何か、黒く、細長いものが見えたからだった。最初は、海面に漂う海草かと思った。しかし、その黒いものは、マリー・セレスト号と同じ方向に、ゆっくり動いている。

ブリッグスは、望遠鏡の焦点を合わせ、必死に見つめた。

真ん中あたりが、大きくふくらんでいるのは、背中だろう。その数メートル先に、海面から出ているのは、首だろうか。

マリー・セレスト号から、百メートル以上離れた場所を、怪物は、悠々と移動している。

一時間近く、怪物は、マリー・セレスト号に並行して泳いでいたが、急に、水中に潜《もぐ》ってしまった。

「奴は、こちらを見張っている」

と、ブリッグスは、リチャードソンにいった。

「逃げて下さい」

リチャードソンが、必死の表情でいった。

「逃げるって、どうやって、あいつから逃げるんだね？　この船は、せいぜい三、四ノットしか出ない。このスピードじゃあ、あいつから逃げられないよ」

「ボートを使って下さい。奥さんとお子さんを連れて、ボートでお逃げなさい」

「船員や、コックみたいに、あいつに殺されてしまうだろうな」

「彼等は、夜明け近くにボートで逃げ出したから、殺されてしまったのです。暗くなったら、すぐ、ボートに乗って逃げ出して下さい。そして、なるたけ早く、この船から離れ、アゾレス群島へ急いで下さい」

「君はどうするんだ？」

「私は、船に残ります」

「それはいかん。逃げるのなら、一緒に逃げようじゃないか」

「いけません。そんなことをしたら、あいつは、われわれ全員が船を捨てたことを知って、ボートを追いかけて来ますよ。ですから私は船に残って、明りをつけ、ピストルを射ったりして、全員が、船にいるように見せるつもりです。そうすれば、あなた方か、私か、どちらかが助かります」

7

新しいオールは、板で作った。ボートについていた血糊を洗い流し、食物や水や、羅針盤などを積み込んだ。

夕闇《ゆうやみ》が忍び寄る頃、ソフィアを抱いたサラと一緒に、ブリッグスは、ボートに乗り込んだ。

「君に何をいったらいいかわからないんだが――」

ブリッグスが、いいかけると、リチャードソンは、微笑して、

「お願いが一つあります」

「何でもいってくれたまえ」

「あなたの、十字架のついた古刀を、私にいただけませんか?」

「ああ、いいとも」

二人は、握手した。三人を乗せた救命ボートは、ゆっくりと、夕闇の中に消えていった。

リチャードソンは、一人になると、キャビンの中の明りを全てつけ、カンテラにも火をつけて、甲板に並べた。

(多分、自分は、この船の中で死ぬだろう)

と、思った。それは、覚悟の上だった。

彼は、ナイフで、テーブルの上に、妻への最後の手紙を彫りつけた。

〈わが最愛の妻、フランシスへ。私は今――〉

そこまで彫ったとき、船体が、大きな音を立てて揺れた。

あいつが、襲いかかってきたのだ。リチャードソンは、ピストルと、十字架のついた剣を持って、甲板へ出ていった。

月明りが美しかった。

「出て来い!」

と、リチャードソンは、海に向って叫び、ピストルを射ち込んだ。

それに応えるように、前方の海面が、急激に盛り上ったとみる間に、怪獣が姿を現わした。

マリー・セレスト号の甲板の二倍の高さまでありそうな長い首をもたげ、その上にのった蛇に似た頭部には、ダイヤのようにキラキラ輝く二つの眼がついていた。

海蛇ではなかった。遠い昔に、すでに死滅したといわれている恐竜だった。海中には、太く逞《たくま》しい胴体と、三角形のひれが見える。

一瞬、リチャードソンは、呆然として、眼の前の巨大な恐竜を見つめていた。激しい恐怖と同時に、こんなものが生きていたのかというある感動が、彼を捉えた。

しかし、そんな感動も一瞬のことだった。

恐竜が、船体に体当りしたとたん、リチャードソンの身体は、甲板の端《はし》から端まで、はじき飛ばされていた。ブリッグスから貰った剣を手にして、よろめきながら立ち上ったとき、反対側の海面から、もう一匹の恐竜が姿を現わした。

（恐竜は、一匹ではなかったのか――）

リチャードソンを絶望が襲った。これでは、ボートで逃げた船長たちも、助からないかも知れない。

また、船が大きくゆれた。リチャードソンの身体は、真っ逆《さか》さまに、海に落ちていった。

8

一八七二年十二月四日の朝、帆船デイ・グラチア号は、ポルトガルのセント・ビンセント岬の沖合七百キロの海上を漂流しているマリー・セレスト号を発見した。

乗組員十名の姿はなく、メイン・セールは引きちぎれ、舷窓はこわれて板が打ちつけてあった。積荷のアルコールは無事だった。

船底には、十五、六センチの海水が溜っていた。

いったい、マリー・セレスト号で何があったのか、誰にもわからなかった。

八十八年後の一九六〇年六月。イギリス・スコットランドのネス湖で、チモシー・ジンズデールという三十六歳の航空技術者が、恐竜の一種、首長竜と思われる怪獣の写真を撮ることに成功した。

マリー・セレスト号と共に大西洋を移動して行った恐竜が、ネス湖に安住の地を求めたのかどうかは定かではない。

初出リスト

事件の裏で　『オール讀物』文藝春秋　八三年七月号
私を殺しに来た男　『微笑』祥伝社　七九年四月二八日号
見張られた部屋　『新トリック・ゲーム』日本文芸社　七六年一月刊
死者が時計を鳴らす　『漫画讀本』文藝春秋　六七年四月号
扉《ドア》の向うの死体　『推理ゲーム』双葉社　七五年三月刊
サヨナラ死球　『小説現代』講談社　七九年一一月号
トレードは死　『小説現代』講談社　八〇年三月号
審判員《アンパイア》工藤《くどう》氏の復讐　『小説現代』講談社　八〇年六月号
愛　『海底の人魚』新風出版社　六九年一一月刊
小説マリー・セレスト号の悲劇　『小説推理』双葉社　七八年九月号

本書は、角川書店より一九九九年一〇月、オリジナル短編集として文庫判で刊行されました。作品発表が六〇～八〇年代のため、現代の状況、意識と異なっている場合があります。なお、本作品集はフィクションであり、実在の個人・団体などとはいっさい関係ありません。

解説──謎《なぞ》解《と》きの興趣《きょうしゅ》に満ちたオリジナル短編集

推理小説研究家　山前《やままえ》　譲《ゆずる》

西村京太郎《にしむらきょうたろう》氏のヴァラエティ豊かな短編を十作収録した『私を殺しに来た男』の巻頭を飾るのは、十津川《とつがわ》警部の苦悩を描いた「事件の裏で」である。帰宅途中の電車で、十津川は若い女性から「お願いがある」と声をかけられた。しかし、顔に記憶はない。不眠不休の捜査で疲れきっていた十津川は、明日にでも警視庁に電話してくださいと言ってしまう。だが、翌朝、連絡があって駆《か》けつけた殺人事件の現場で、彼女の死体を見て愕然《がくぜん》とするのだった。

現在は警部として警視庁捜査一課の十津川班を指揮する十津川省三《しょうぞう》も、最初から警部だったわけではない。いわゆるキャリア組ではないので、大学を卒業して警察官になったといっても、巡査から実績と試験を重ねて警部になったはずである。警部補時代の事件は幾《いく》つも書かれているし、平《ひら》の刑事時代の事件も紹介されていないわけではない。「事件の裏で」は、まだ警部補にもなっていなかった頃の事件がかかわってくる、重苦しい雰囲気の短編である。二十五歳で捜査一課の刑事になったことなど、十津川自身についても興味深いデータが記《しる》された一作だ。

つづく四編、男を手玉にとってきた女性が狙《ねら》われる「私を殺しに来た男」、浮気調査をしているさなかに殺人が起こった「見張られた部屋」、吝嗇《りんしょく》の老人が被害者の「死者が時計を鳴らす」、係長と四人の部下のトラブルのなかで事件が起こる「扉《ドア》の向うの死体」は、犯人当ての企画のために書かれた。

推理小説の謎解《なぞと》きをピュアな形にしていけば、事件の全てのデータを出した問題編と、論理的に解いていく解決編とになる。それは詰将棋《つめしょうぎ》にも似ているだろう。持ち駒《ごま》を全部使いきり、ただひとつの手順で王を詰める。王は必ず詰ませなければならないし、余計な詰め手順があっても評価されない。そして、その手順が難解であればあるほど楽しめる。推理小説の謎解きもまた、詰将棋のように理詰めで進められなければならないし、あまり簡単に真相が分かってしまってもつまらない。

こうした謎解きは（その多くは犯人当てだが）雑誌の企画として好まれるようで、これまでに何回となく行なわれている。掲載誌の『漫画讀本』（文藝春秋）や『微笑』（祥伝社）は、西村作品を含めて、懸賞問題として連載していた。賞金やちょっとした景品があるとなれば、推理にもなおいっそう熱中するはずだ。

満塁のサヨナラ・ゲームの場面で、デッドボールを受けて選手が死んでしまう。こんなショッキングな事件の謎解きである「サヨナラ死球」以下の三編は、いずれも野球をテーマとしている。プロスポーツ界では近年、サッカーが人気だが、年代を問わず日本でもっとも関心をもたれているスポーツはやはり野球だろう。贔屓《ひいき》のチームの順位に一喜一憂《いっきいちゆう》し、人気の選手の活躍に興奮する。もちろん自分でバットをもつ人もたくさんいるはずだ。

スポーツ絡《がら》みの推理のなかでも、やはり野球を扱ったものが一番多い。戦前の北町《きたまち》一郎《いちろう》『白日夢』（一九三六）や戦後の有馬頼義《ありまよりちか》『四万人の目撃者』（一九五八）といった長編のあと、一九六〇年前後から佐野洋《さのよう》、高原弘吉《たかはらこうきち》、新宮正春《しんぐうまさはる》、小林久三《こばやしきゅうぞう》、伴野《ともの》朗《ろう》、坂本光一《さかもとこういち》といった諸氏が意欲的に野球推理を執筆した。

じつは、西村氏は野球推理の世界でも注目すべき作家なのだ。新幹線に乗っていた巨人軍選手が誘拐される『消えた巨人軍』（一九七六）や野球賭博《とばく》を背景にした『日本シリーズ殺人事件』（一九八四）と長編があり、短編でも、亀井《かめい》刑事が息子と野球を観戦中に殺人事件が起こる『死者に捧げる殺人』（一九八一）などがある。トレードの駆引きを描いた「トレードは死」やアンパイアと選手の確執《かくしつ》を描いた「審判員《アンパイア》工藤《くどう》氏の復讐」もまた、野球の世界ならではの事件となっている。

「愛」は本書のなかでは異色作と言えるだろう。初めは疑似恋愛という打算的な行為だったはずなのに、しだいに心変わりして……。愛の不可解さを短いなかにも描ききっている。

最後の「小説マリー・セレスト号の悲劇」は、不思議な海難事故として世界でもっともよく知られている、十九世紀に起きた「マリー・セレスト号事件」の謎に迫っている。

一八七二年十二月四日、ジブラルタルに向かっていたイギリス船デイ・グラチア号が、大西洋ポルトガル沖で不審な動きをする帆船《はんせん》を発見したのが数奇な事件の発端《ほったん》だった。船はアメリカ船籍のマリー・セレスト号。乗り移ってみると、船内に人影はまったくない。あとで分かったことだが、マリー・セレスト号は船長の家族三人と船員七人の十人が乗り組み、ニューヨークからイタリアのジェノバへ向かっていたのだ。

食料品や水はたくさんあり、貴重品もきちんと残されていた。けれど、船内には人の姿はない。積み荷である大量の商業用アルコールもそのままだった。航海日誌は十一月二十四日まで書かれていたが、そこにもなんら疑問点はなかったのである。ほんの少し前まで人がいたかのような状態で、マリー・セレスト号は大西洋上を漂流していたのだ。ただ、救命ボートはなかった。

遭難《そうなん》船を救助した報償《ほうしょう》を請求しようと、デイ・グラチア号の船員がマリー・セレスト号に乗り組み、ジブラルタルまで航海をつづけた。けれど、そこで待っていたのは厳《きび》しい海事裁判であった。あまりにも普通の状態のマリー・セレスト号は、難破《なんぱ》、あるいは遭難というイメージとかけ離れていたからだ。しかも、デイ・グラチア号の船長はマリー・セレスト号の船長と顔なじみで、ニューヨークを出港前、夕食をともにしていたことも分かった。デイ・グラチア号が海賊《かいぞく》行為をしたのではないか。検事は激しく追及したが、法廷はそれを否定した。デイ・グラチア号は千七百ポンドの賞金を手にしている。

しかし、マリー・セレスト号で何が起こったかまでは、裁判では明らかにされなかった（できなかった?）。明らかになったのはマリー・セレスト号の不幸な過去である。最初、イギリス船籍のアマゾン号として誕生したその木造船は、船長の死、火災、衝突、坐礁《ざしょう》と、アクシデントつづきであった。そして今回の無人での漂流という不可解な事件……。まさに不吉《ふきつ》な船である。

ただし、この事件に論理的な解答がないわけではない。積み荷のアルコールが爆発しそうな状況になって慌《あわ》てた乗組員全員が、救命ボートに乗り移る。幸い危機は回避されたが、悪天候のせいでボートが船に近付けない。やがてボートが荒天《こうてん》のため転覆《てんぷく》してしまったというものである。

けれど、世間はこうした推理に納得しなかった。こんな魅力的な謎に常識的な解決は相応《ふさわ》しくないのだ。海賊説、異常気象説、怪物説、超常現象説、ＵＦＯによる拉致《らち》説など、これまでさまざまな説が唱《とな》えられている。また、情報も入り乱れた。生き残った乗組員がいるとか、テーブルには湯気のたった夕食が残されていたなどと、まことしやかに伝えられもした。しかし、依然として真相は不明なのだ。

西村氏は「小説マリー・セレスト号の悲劇」の前に、この事件をモチーフにした長編を書いている。一九七六年に書き下ろした『消えた乗組員《クルー》』だ。小笠原《おがさわら》沖で発見された大型クルーザーの九名の乗組員が忽然《こつぜん》と消えた謎で、十津川警部が探偵役を務《つと》めているが、もちろんこちらではちゃんと真相が明らかになっている。「小説マリー・セレスト号の悲劇」での真相はそれほど目新しいものではないかも知れないが、窮地《きゅうち》に追い込まれた船長家族を主人公に、サスペンスフルなストーリィが展開されている。

謎めいたことや不思議な現象に強い興味を抱《いだ》くのはなにも人間に限ったことではないが、それを解こうとする気持ちは人間が一番強いだろう。殺人事件の謎から実際にあった奇妙な事件の真相まで、この『私を殺しに来た男』にも謎解きの興趣《きょうしゅ》が満ちている。

私を殺しに来た男

一〇〇字書評

切・り・取・り・線

購買動機（新聞、雑誌名を記入するか、あるいは○をつけてください）	
□（　　　　　　　　　　　　　　）の広告を見て	
□（　　　　　　　　　　　　　　）の書評を見て	
□ 知人のすすめで	□ タイトルに惹かれて
□ カバーが良かったから	□ 内容が面白そうだから
□ 好きな作家だから	□ 好きな分野の本だから

・最近、最も感銘を受けた作品名をお書き下さい

・あなたのお好きな作家名をお書き下さい

・その他、ご要望がありましたらお書き下さい

住所	〒				
氏名		職業		年齢	
Eメール	※携帯には配信できません	新刊情報等のメール配信を 希望する・しない			

この本の感想を、編集部までお寄せいただけたらありがたく存じます。今後の企画の参考にさせていただきます。Eメールでも結構です。

いただいた「一〇〇字書評」は、新聞・雑誌等に紹介させていただくことがあります。その場合はお礼として特製図書カードを差し上げます。

前ページの原稿用紙に書評をお書きの上、切り取り、左記までお送り下さい。宛先の住所は不要です。

なお、ご記入いただいたお名前、ご住所等は、書評紹介の事前了解、謝礼のお届けのためだけに利用し、そのほかの目的のために利用することはありません。

〒一〇一－八七〇一
祥伝社文庫編集長　坂口芳和
電話　〇三（三二六五）二〇八〇

祥伝社ホームページの「ブックレビュー」からも、書き込めます。

http://www.shodensha.co.jp/bookreview/

祥伝社文庫

私《わたし》を殺《ころ》しに来《き》た男《おとこ》

平成30年3月20日　初版第1刷発行

著　者　西村《にしむら》 京太郎《きょうたろう》

発行者　辻　浩明

発行所　祥伝社《しょうでんしゃ》

東京都千代田区神田神保町3-3
〒101-8701
電話　03（3265）2081（販売部）
電話　03（3265）2080（編集部）
電話　03（3265）3622（業務部）
http://www.shodensha.co.jp/

印刷所　堀内印刷
製本所　ナショナル製本
カバーフォーマットデザイン　芥 陽子

Printed in Japan ©2018, Kyotaro Nishimura　ISBN978-4-396-34398-9 C0193

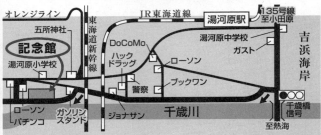

西村京太郎ファンクラブのお知らせ

会員特典（年会費2200円）

◆オリジナル会員証の発行
◆西村京太郎記念館の入場料半額
◆年2回の会報誌の発行（4月・10月発行、情報満載です）
◆抽選・各種イベントへの参加（先生との楽しい企画考案中です）
◆新刊・記念館展示物変更等のハガキでのお知らせ（不定期）
◆他、追加予定!!

入会のご案内

■郵便局に備え付けの郵便振替払込金受領証にて、記入方法を参考にして年会費2200円を振込んで下さい　■受領証は保管して下さい　■会員の登録には振込みから約1ヶ月ほどかかります　■特典等の発送は会員登録完了後になります

[記入方法]　**1枚目**は下記のとおりに口座番号、金額、加入者名を記入し、そして、払込人住所氏名欄に、ご自分の住所・氏名・電話番号を記入して下さい

郵便振替払込金受領証　窓口払込専用

口座番号	百十万千百十番	金額	千百十万千百十円
00230-8-	17343		2200
加入者名	西村京太郎事務局	料金	（消費税込み）　特殊取扱

2枚目は払込取扱票の通信欄に下記のように記入して下さい

通信欄	
	(1) 氏名（フリガナ）
	(2) 郵便番号（7ケタ）※必ず7桁でご記入下さい
	(3) 住所（フリガナ）※必ず都道府県名からご記入下さい
	(4) 生年月日（19××年××月××日）
	(5) 年齢　(6) 性別　(7) 電話番号

※なお、申し込みは、郵便振替払込金受領証のみとします。
メール・電話での受付は一切致しません。

■お問い合わせ（西村京太郎記念館事務局）
TEL 0465-63-1599

祥伝社文庫の好評既刊

西村京太郎　**九州新幹線マイナス1**

東京、博多、松江――放火殺人、少女消失事件、銀行強盗、トレインジャック！　頭脳犯の大掛かりな罠に挑む！

西村京太郎　**夜の脅迫者**

迫る脅迫者の影――傲慢《ごうまん》なエリート男を襲った恐怖とは？（「脅迫者」）。ひと味ちがうサスペンス傑作集！

西村京太郎　**完全殺人**

〈最もすぐれた殺人方法を示した者に大金をやる〉――空《あき》別荘に集められた四人に男は提案した。その真意とは？

西村京太郎　**裏切りの特急サンダーバード**

〝十一億円用意できなければ、疾走中の特急を爆破する〟――刻限《タイムリミット》迫る中、犯行グループにどう挑む？

西村京太郎　**狙《ねら》われた寝台特急「さくら」** 新装版

人気列車での殺害予告、消えた二億円、眠りの罠――十津川警部たちを襲う謎、また謎、息づまる緊張の連続！

西村京太郎　**伊良湖岬《いらごみさき》　プラスワンの犯罪**

姿なきスナイパー・水沼《みずぬま》の次なる標的とは？　十津川と亀井は、その足取りを追って、伊良湖――南紀白浜へ！